ラルーナ文庫

流星の騎士とステラの旅

柚槙 ゆみ

三交社

CONTENTS

Illustration

兼守 美行

流星の騎士とステラの旅

本作品はフィクションです。
実際の人物・団体・事件などにはいっさい関係ありません。

プロローグ

「わぁ、ここすごい広いね！」

花倉拓実《はなくらたくみ》は、目の前に広がるあまりに美しい景色に声を上げた。拓実は恋人である茅本《かやもと》煌《こう》の友人が管理している別荘に遊びに来ている。目の前には開放感のある広いベランダがあり、その向こうにはライトアップされた芝生の庭と、それを取り囲む木々がキラキラと光っていたのだ。

「ねえ、なんかインスタでありそうな景色なんだけど！」

興奮気味にそう言いながら、拓実はベランダ用のサンダルに履き替えて外に出た。

「拓実、そんなに走ると転ぶよ？」

後ろから笑いを含んだ煌の声が聞こえる。大丈夫、と声を弾ませて返事をした。芝生にはガラス張りのドームテントにガーデンチェアなどが置いてあり、その周囲を雰囲気あるフットライトが照らしていた。

「こんな場所、よく貸してもらえたね」

拓実はガーデンチェアに座る。背もたれに体重をかけると、夜空を眺めることもできて最高だ。

「ここは友人が管理している施設なんだけど、急にキャンセルが出て困ってるって昨日連絡が来てさ。それで拓実を誘ってみたんだ。もし予定が空いてなかったらしかたないと思ったけど……」

「急なキャンセルは困るよね。僕も予定が空いててよかった〜。こんなところ、自分だと絶対に予約しないと思うから。て、これってバーベキューの材料とかも揃《そろ》ってるんでしょ？」

「冷蔵庫に入ってるらしい。ここは夜空の星を眺めるのに最高な場所だから、外で寝ながら星を見たい人はそこのドームテントを使ってもいいよって言ってた」

隣のガーデンチェアに座った煌がこちらを向いてニコリと微笑《ほほえ》む。煌のガーデンチェアの肘《ひじ》かけはすぐ真横で、互いの手が触れる距離だ。拓実は自分の手を少しずらし、煌の手をそっと握る。

「星、綺麗《きれい》だね」

拓実は煌と同じ会社に勤めている。そして会社員として働きながら、もう何年も小説家を目指して頑張っていた。会社ではなんでもできて見た目も格好いい、自分とは正反対のキラキラしている煌のことが苦手だった。しかしあることがきっかけで煌に対する考え方が一八〇度変わり、二人の距離は恋人という関係にまで発展した。そしてようやくデビューすることが決まったのも、煌の励ましがあったおかげなのだ。

インドアな拓実を煌がいろいろなところへ連れ出してくれ、様々な世界を彼と楽しんでいる。それは本当にありがたいと感じていた。

（煌と出会えてよかったな。また来世も会えるといいな）

ふとそんなことを考えてしまう。実は今、デビューしてから二作目となるファンタジー小説を執筆している途中なのだ。そのせいでつい、来世でも……とそんなことが頭に浮かんでしまう。しかしその気持ちは本当だし、強く願っていることでもあった。

「なに考えてるの？」

隣から煌の声が聞こえる。夜空を見上げて目の前に流れ星がひとつ流れたのを見つけ、拓実は指を差した。

「願い事、しようかなって」

今日は百年に一度、地球の近くを流星群が降り注ぐ。ひとつ流れ星を見つけたかと思うと、またひとつその隣に白い光の筋が見える。

「始まったね」

煌がにこりと微笑んで同じように夜空を見上げる。流れ星はどんどん増えていき、夜空はまさに流星のおもちゃ箱のようになっていく。

「また次の人生でも、煌と会えますように……」

拓実が声に出して願い事を呟《つぶや》いた。

「会うだけでいいの？」

煌にそう聞かれて、閉じていた目を開く。煌の手をギュッと握り、拓実は照れくさそうに微笑んだ。

「うん、会ったら絶対に好きになるってわかってるから。たくさんは望まないよ」

「拓実らしいな。じゃあ俺もそうしよう。——来世もまた拓実を見つける」

煌が目を閉じた。それを見た拓実も同じように目を閉じて、どんな世界でも煌と出会い離れることがないようにと再び願う。

目を開くと、無数の流れ星が怖くなるくらい夜空を覆っていた。その白い光は徐々に大きな塊のようになっていき、夜空を白く覆っていく。

「拓実！」

「煌！　これなに⁉　ど、どういうこと⁉」

「わからない。でも俺たちは……っ」

その白い光が二人の上に覆い被《かぶ》さるように近づいてきた。互いの名前を呼び、ガーデンチェアから立ち上がって抱き合う。なにが起こっているのかわからない。ただ白い光が二人を包み、煌の最後の言葉を聞くことなく、音も色も互いの匂《にお》いさえも消し去ってしまったのである。

第一章

真っ黒な雲が空を覆い尽くしていた。遠くの方ではゴロゴロと雷音が響き、空気中には雨の匂いが充満している。

(早く見つけなくちゃ)

ステラ・オークレンは焦る気持ちを必死に抑えながら青々と茂る牧草地を走っていた。もうすぐ大雨になる。放牧している牛たちを牛舎に入れなければいけないのに、一頭だけ迷子なのだ。その迷子の牛はいつもステラを困らせる。

「ルー！　どこ行っちゃったんだ〜！」

首筋からつつ……と汗が道を作った。頰《ほお》になにかが当たる感覚があり、ステラはその場で足を止める。空を見上げると、大粒の雨がバラバラと降り始めてしまった。

「まずい、急がないと……っ」

ステラは再び走り出す。東の丘の向こうはまだ見ていない。迷子の牛は向こうの牧草が好きなのは知っているから、おそらくはそこにいるだろう。そのとき、ゴロゴロ……と雷鳴がすぐ上で聞こえて、ステラは反射的に首を竦《すく》めた。雷はこの世で一番怖いと思っている。だからさっさと迷子牛を見つけて帰らなければ、怖くて泣いてしまいそうだ。

丘を越えた先の木の下で、迷子牛はのんきに牧草を食《は》んでいた。

「いた！　ルー！　まったくもう～！」

ステラは食事中の牛に近づいて、帰るよ、と鼻輪を摑《つか》んで引っ張った。素直に歩いてくれたからホッとして、急《せ》かすように牛を引く。牛舎が見えてきた頃には雨が本降りになっていて、辺りは白く靄《もや》がかかるほど煙っていた。ステラも牛もびしょ濡《ぬ》れで、前も見づらいほどの降りに怖くなる。そのとき、ひときわ大きな雷鳴が聞こえたかと思うと、一瞬でステラの聴覚が不能になった。そして意識はそこで途絶えてしまったのである。


「あれ……」

目を覚ましたステラは、自分がどうなったのかがわからないまま、見慣れた天井をしばらくじっと見つめていた。なにも考えられなくて、何度か瞬《まばた》きをする。

「あなた！　ステラが目を覚ましたわよ！」

人の声が聞こえてステラの意識がはっきりしていく。目の前に覗《のぞ》き込んでくる女性の顔がある。

（ああ、母さんだ……どうして泣いてるの？）

ステラの母親が泣きながら一生懸命なにかを話している。声は聞こえているのだが、なぜか遠くの方で話しているような感じだった。

「おい、大丈夫か？　ステラ、父さんと母さんがわかるか？」

母親の横から父親も顔を出して覗き込んできた。もちろん見慣れた二人はわかっている。両親だ。

「父さんと母さんの名前が、言えるか？」

そう聞かれて考える。名前、名前……と考えて浮かんできた。

「ミリアン、ダリアス……父さんと、母さん……」

「そうだ、よかった。お前はステラだ。わかっているな？」

父親が声を震わせて目頭に手を当てている。母親は手で口を押さえてボロボロ涙を零《こぼ》していた。

「僕は……ステラ、僕、どう、なったの？」

「そうよね。覚えていないのもしかたないわ」

母親が布で涙を拭《ぬぐ》いながら、ステラの身になにが起きたかを教えてくれた。

急な雨で両親が馬を小屋に入れていたとき、バリバリと大きな音が聞こえた。音のした方へ両親が駆けつけると、地面に穴が開き、その少し横でステラは倒れていたらしい。

牛を牛舎に返している途中で、ステラの近くで雷が落ちたのだと。幸い直撃ではなかったので、ステラは丸焦げにならなくて済んだようだ。

（僕はステラ……そう、ステラ。でもなんだろうこれ、僕の知らないなにかが頭に……）

自分の頭の中に知らない映像が無数に浮かんでは消えてを繰り返す。夢でも見ているような不思議な感覚だった。

「でもよかったわ。ステラに雷が落ちたわけじゃなくて。倒れているのを見たときは死んでいるのかと思ったもの」

「そうだったんだ。でも僕、生きてるよ」

ステラはゆっくりと起き上がろうとした。それを見た母親が慌てて体を支えてくれる。背中に当てられた母親の手の温《ぬく》もりにホッとした。

ステラはこの両親、ミリアン・オークレンと、ダリアス・オークレンの間に生まれた。そしてここはセイルベース大陸にあるアナトリア王国の端にあるリコッタ村で、今いるこの家はステラの生家だ。

いつもは朝早く起きて牛や馬の世話をして、両親の農作業の手伝いをしている。仕事が終われば、村の半分を見渡すことができる丘に登り、そこにある小屋で空想に浸りながら物語を書くのが唯一の娯楽だ。いつか自分の書いた物語をいろいろな人に読んでもらえたらいいのにと願っている。

リコッタ村は平和で、少数の村人からなっている。普段は自分たちが作った農作物や牛から絞ったミルクなどを、街まで売りに行き生計を立てていた。季節は穏やかな春と日差しの強い夏、爽《さわ》やかな風が吹く秋に厳しい冬という四季に分かれている。今は春と夏の間の季節で、気まぐれな天気によって突然の雷雨に見舞われることが多かった。

ステラは母親の持ってきたスープを口に運びながら、生きていてよかったと思う。そして妙な違和感が拭いきれなくて手を止めた。

（ステラって……僕の名前だよね。アナトリア王国もリコッタ村も、考えたのは……僕だ）

自分で考えた物語で出てくる国と村なのではないか？　とそんな感覚だった。

（いや、この記憶は違う。僕がステラになる前の……記憶だ。この国も村も世界全部……考えたのは僕だった）

そのことに気がついて息が止まった。一体どうなっているのかと眉間《みけん》に皺《しわ》ができる。手に持っていたスプーンを器に戻し、それをサイドテーブルに置いた。

ステラは前世でハナクラタクミという男性で、今のステラと同じように小説を書くのが好きな、日々妄想に耽《ふけ》っているような人間だった。それが今は、自分が書いた小説の中で生きているなんてどういうことなのか。

（転生？　生まれ変わり？　それにしたって……こんなことあるの？）

ステラは自分が前世で書いた物語を懸命に思い出していた。確かこんな話だ。

アナトリア王国の人々は平和に過ごしていた。しかし近年、離島に生息するドラゴンがセイルベース大陸にやってきては人を襲い、作物を荒らす事案が頻発し始めた。アナトリア王国のルシェフ騎士団は、国民を守るために街や村の警邏《けいら》をし、ドラゴンと遭遇したときは追い払うか撃退している。

（そうだ、ドラゴンがリコッタ村を襲って、僕以外みんな……死んでしまうんじゃなかったか？　そうだよ、確かそうだった。どうしよう、父さんも母さんも村のみんなも……死んじゃう！　なんとかしなくちゃ！）

物語の初めから終わりまでがすべてはっきり思い出せたわけではない。断片的にポンポンと頭の中に映像が浮かんでくる。外に出て景色を見れば、もしかしたらもっと記憶が鮮明になるかもしれない。

そう思ったステラはベッドから出て立ち上がった。しかし想像以上に雷の衝撃ダメージが大きかったようで足元がふらつく。

「すぐに走ったりは……できそうにないな」

そう呟きながら部屋の扉を開けて廊下に出る。両親の姿は家になかった。ステラが目を覚ましてちゃんと自分自身や両親のことを覚えていて、会話ができることに安堵《あんど》したのか、ステラにスープを作ったあと野良仕事へと出ていったのだろう。

雷に打たれてから丸二日寝ていたステラは、外の強い日差しに目を眩《くら》ませた。時間は昼過ぎ頃だろう。太陽がほぼ真上にある。ステラは村の中で特に人が集まる共同井戸のある場所へ足を向けた。そこにはいつも誰《だれ》かしらがいるはずだ。

　村の中を歩きながら、見慣れた風景なのにこれまで見てきた感じと違うことに、不思議な感覚を覚えていた。

　共同井戸が見えてくると、そこには三人の女性がなにかを覗き込みながらキャッキャと声を上げて話している。ステラはその三人に近づいていく。すると一人がステラに気づいて振り返った。

「あら、ステラじゃない。もう平気なの？　雷に打たれたって聞いたわよ」

　赤い髪の女性が聞いてくる。

「うん。もう大丈夫。ちなみに、雷に打たれてはいないよ。当たっていたらきっと僕は生きていない」

「そうよね。ステラはかわいい顔をしているし、それに傷がついたら大変よ」

　かわいい、と言われてじんわりと頬が熱くなる。確かにステラは肌は色白で、村の男性の中では一番貧弱な見た目だろう。茶髪の癖毛で瞳《ひとみ》も同じ薄茶だ。子供っぽい顔は好きじゃないし、その体型に見合った体力も気に入らない。かわいいと言われて恥ずかしくて頬が熱くなるのだ。しかし母親に言わせれば、この村のどの男性よりも美しく透明感があって、無骨さがないのが素敵なのだという。

「あんまりかわいいって言わないでよ。こう見えて僕もう二十五歳なんだから」

「あら、私よりも三つ上だったわね。すっかり忘れていたわ」

クスクスと女性は笑う。しかし他の二人はステラのことよりもう一人の彼女が持っているチラシに興味津々である。

「ねえ、さっきからなにを夢中で見ているの？」

ステラが聞くと、パッと顔を上げた一人の女性が、手に持っている紙をこちらに向けて見せてきた。中央には横を向いた女性の絵が描いてあり、その下には『絵画公開』と書かれてある。文字よりも気になったのは、手書きであろうその絵だった。

「それ……」

ステラは見せてくれた紙を指さして、口を開けたまま固まった。そこに描かれてある絵を知っている。大好きな人が描いたものだからだ。それがなぜこんな紙に描かれてあるのかわからない。

（これは、この絵は知ってる。やさしいタッチの繊細な線……）

ステラは全身に電流が走ったような感覚に身震いをする。まるで人形みたいに固まったステラを、彼女たちが不思議そうな顔で見つめていた。

「ステラ、あなたこの方を知らないなんてことないでしょう？　だって、この一帯を収める領主様よ？　公爵で二つ名は流星の騎士！」

「流星の、騎士……」

「やだ、ステラったら」

なにも知らないのね、と言いたげな顔で彼女が話し始めた。流星の騎士という二つ名で、この辺りすべてを管理する領主、ラウール・バルヒエットが描いたものだということだ。

ラウールはルシェフ騎士団に所属し、さらには芸術にも長《た》けていて、文武両道な上に容姿端麗ときているらしい。ラウールの説明をしてくれる彼女たちの瞳はキラキラ輝いていて、まるで恋でもしているかのようだ。

「そんなラウール様は、今回もご自分でお描きになられた絵を、私たちに見せてくださるのよ！　普段は入れない邸《やしき》にお招きくださるなんて、心が広いにもほどがあるわ」

両手を胸の前で組み合わせ、瞳はうっとりさせ、その視線はどこを見ているのか虚《うつ》ろな感じである。他の二人の女性も同じように口々にラウールがどれほど素敵なのかをステラに説いてくる。

「そ、そう、なんだ……」

あまりにものすごい勢いだったので、ステラは一歩二歩と後ろに下がる。そういえばこの地域の領主はラウール・バルヒエットだったことを思い出した。普段は会うこともないし、日常生活でそうそう耳にはしない名前だ。ルシェフ騎士団の活躍なら、街に出かけたときにたまに聞くくらいだ。実際、ステラはラウールには会ったことがない。

「で、領主様の邸へ行けばこの絵が見られて、ラウール様に会える、のかな？」

「会えるかどうかはわからないけれど、でも素敵な絵が見られることは確かね。去年も今と同じ時期に邸を開け放たれて、私たちをお招きくださったのよ。本当に寛大で素敵な方よね」

「ねえ、この日のために新しいドレスを新調すべき？」

「やだ、リベッタってば！　そんなの当たり前でしょう？」

彼女たちの興奮は止《とど》まるところを知らないようだ。しかしステラもラウール邸に行くことになるだろう。

「確かめなくちゃ……」

ステラがこの絵を知っている理由を、ラウール邸に行き本人に聞かなければならない。記憶の中でとても大切な誰かと重なり、胸の中がざわついた。こんな経験は初めてである。

「この紙、他にもある？」

「ええ、あそこの掲示板にいくつも貼《は》ってあるわ」

「そう、ありがとう」

彼女たちに礼を言ったステラは、掲示板のある方へと歩いていく。そこには彼女たちが見ていたのと同じ紙がいくつも貼ってあった。きっとステラが雷に打たれて眠っていた二日の間に、ここへ貼られたものなのだろう。それを一枚だけ手に取って、描かれてある絵を見つめた。

「ラウール・バルヒエット……」

名前を呟いたステラは、胸の辺りのシャツをギュッと摑んで、ざわめく心を必死に抑えるのだった。

その日、自宅の菜園で採れた野菜を収めるためにユングの街に来ていた。ユングの街はステラの住んでいるリコッタ村とは全く違う。家々は密集して建てられてあるし、石畳の道が途切れることなく続いている。その上を馬が馬車を引き軽快に蹄《ひづめ》の音を立てながら駆け抜けていく。

街を歩く人々もステラの格好とは全く違う。足元がすっぽりと隠れるくらいの裾《すそ》の長いドレスは赤や青、鮮やかな緑などで、髪を綺麗に結い上げた女性はみな小綺麗である。それは男性も同じだ。

そんな街中を物々しい装備で馬を乗りこなすルシェフ騎士団の一行が通っていく。どこかの村か街を警邏して帰ってきたのだろう。ステラは一団を見て緊張を走らせた。それはいつかリコッタ村も襲われることを知っているからだ。

（どうすればリコッタ村のみんなを助けられるだろう。やっぱり、一人では無理だろうな。

でもラウール様がもしも思っている人と同じなら……）

今日はラウール邸の一部が一般公開され、展示された絵画を見ることができる。ステラの目的は絵画もあったが、それを描いた本人に会うことだ。会って確かめたいことがある。ステラに会ってくれるかはわからないが、頼んでみようと思う。

ラウール邸に向かって歩いていると、背後から馬の甲高い嘶《いなな》きが聞こえた。普通ではない鳴き声だったので振り返ると、馬車を引っ張った馬が興奮して我を見失い、こちらに向かって猛スピードで突っ込んでくるのが見えた。

「暴れ馬⁉」

危ないから逃げなくてはと思ったとき、女の子が道の反対側に向かって飛び出した。このままでは馬に跳ねられてしまう。女の子は馬に気づいていないようで、真っ直《す》ぐ向かい側へ走っていた。しかし馬の嘶きに気づいて、驚いた女の子は最悪なことにその場に立ち止まってしまう。瞬間的なことなのに、すべてスローモーションのように見えた。

「危ない！」

ステラは反射的に走り出し、女の子を自分の腕に抱きかかえるように庇《かば》った。もしステラに立派な筋肉と強靱《きょうじん》な体があれば、女の子を抱えて脇《わき》に飛べただろう。でもそんな力はない。ただこの子を馬の衝撃から守ることしかできないのだ。

女の子の名前を叫ぶ女性の声が聞こえ、目の前に馬の影が迫る。怖くなったステラは女の子を抱きしめてギュッと目を閉じた。しかし想像した衝撃はこない。こないどころか、ふわりと体が浮き上がる感覚に驚いて目を開く。そこに見えたのは誰かの肩越しの空だった。

ズシンと衝撃があって反射的に目を閉じる。ステラは自分の腕の中の女の子に「大丈夫？」と声をかけようとしたが……。

「大丈夫か？」

男性の声でそう聞かれる。顔を上げると、太陽を背にした金髪の美しい男性の顔があった。知らない顔なのに、以前から知っているような不思議な感覚を覚える。しかし逆光でよく見えない。

覆い被さっていた男性が離れていくと、腕の中の女の子が烈火のごとく泣き出した。ステラの視線はそちらへと移る。

通りの反対側から女性が走ってくると「ママ！」と叫んで女の子は立ち上がって駆けていく。どうやら怪我《けが》はなかったようだ。一人でホッとしていると、目の前の男性に腕を掴まれた。

「君の腕と膝《ひざ》は、大丈夫じゃないようだな」

「え？　あ……」

そう言われてステラは膝を見る。ズボンの布が大きく破れて出血していた。腕にも擦り傷があり、それを見た途端に痛みが襲ってきた。男が胸のポケットに入っていたハンカチーフを取り出し、血の流れる膝に手早く巻いてくれる。しかしその白くて綺麗なハンカチーフもあっという間にステラの血に染まった。

「このままではよくない。私の邸へ来なさい」

ステラはそのとき初めて真正面から男性の顔を見た。そして息を呑《の》んだのだ。

「あ……」

ステラの脳裏に一人の男性の顔が浮かび上がる。それはいつも側《そば》にいてやさしく微笑みかけてくれた、とても大切な人の顔だ。

(この人だ。わかる。この人が僕の恋人……いや、僕の前世の、タクミの、恋人だ)

男性の顔をじっと見つめたままステラは固まっていた。長い金髪は少し波打っている。金の長い睫《まつげ》に縁取られた瞳は、空色の美しい青だ。鼻筋は通っていて、その下の唇は魅力的で目が離せなくなる。思わず手を伸ばして白皙《はくせき》の頬に触れたくなってしまう。まるですべてが芸術品のように思えた。

ステラがあまりに凝視するものだから、男は怪訝《けげん》そうな顔をする。そして業を煮やしたように、ステラの膝裏に腕を通して華奢《きゃしゃ》な体を難なく持ち上げてきた。

「わあぁあっ！」

「動かないで。動くと落とすかも」

ステラは反射的にその男性の首に腕を回してしがみついていた。金色の長い髪がステラの鼻先に当たる。なんともいえない甘い香りがして、無意識に思い切り吸い込んでいた。もっとこの人の顔を見ていたかったのにそれもできなくなる。

（どうしよう、すごくドキドキしてる……なんだろうこれ）

異常な胸の高鳴りに、ステラは自分がどうかなってしまいそうな気がして怖くなる。さらに周囲の視線がやたらとこちらに向けられていることに気づいた。

「あの、すごく目立っているので、お、下ろしていただいてよろしいでしょうか……？ここまでしていただかなくても……」

「一人で歩けるのか？　私が助けた以上、最後まで責任を持つのが普通だと思っている」

立ち止まった男がそう聞いてくる。立って歩いてみないとステラにもそれはわからなかった。返事を渋っていると、男がそっとステラを下ろしてくれる。足をついて立ってみるとふらつきはしなかったが、一歩踏み出すと、想像以上の痛みが走った。

「いっ！」

「ほら、ダメだ」

ふらついた体を支えられる。すみません……と顔を上げると、男性の顔が目の前だ。ドクンと心臓が跳ねる。そしてステラは再び抱き上げられた。

「私はこの一帯の領主をしているラウール・バルヒエットだ。まあ知らない人は少ないだろうが。君の名前は？」

「あ、ぼ、僕は……えっと、ステラ・オークレンです。今日はリコッタ村から用事で来ていて……」

「そうだったか。暴れ馬に遭遇するとは運が悪かったな」

ラウールの声はやわらかく耳触りのいいやさしいものだった。懐かしい気持ちになって涙が出そうになるのを必死に我慢する。

領主であるラウールの邸は、想像以上に大きくて豪華絢爛《けんらん》だった。遠くの方に見える邸を見つめ、ステラは驚きを隠せない。

まだかなりの距離がある道のりを、抱えられたままというのはやはり申し訳なくなった。どうしよう、と悩んでいると、後ろから馬車の走ってくる音がするのに気づいた。

「旦那《だんな》様！　旦那様！」

男性の声が飛んでくる。さすがにラウールが足を止めた。すぐ隣までやってきた馬車が停《と》まり、御者が顔を青くして下りてくる。

「旦那様、歩いてお邸まで帰られたと聞いて追いかけて参りました。しかも人を抱えていらっしゃるなんて……」

「リーズリー、そう怒るな。歩いたってそんな距離はないだろう」

「なにをのんきにおっしゃっておられるんですか。見てください。邸までの距離を！　しかも人を抱えておられるんですから……」

二人のやりとりを見ながらますます申し訳ない気持ちになる。馬車の前に飛び出して助けられなければ、こんな面倒にラウールを巻き込むことなんてなかっただろう。

(邸まで歩かせるなんて思わなかった……)

馬車の後ろにはいくつも荷物が載せられてある。領主が自ら街に買い出しに行ったのだろうか。普通なら使用人が指示されたものを買いに行く。

「ステラ、邸はすぐそこだがリーズリーがうるさいから、馬車に乗ってもらえるか？」

「あ、でもあの……」

「頼むよ」

やんわりと微笑んでいたが、否と言わせないその声音に、ステラは断れなかった。領主がいち村人に「頼むよ」なんて言うのをあまり聞いたことがない。

「は、はい……っ」

そう返事するしかなくて、ステラは丁寧に馬車の中へ運び込まれた。屋根のついている馬車に乗るのは初めてで緊張する。街に野菜やらを大量に運ぶときはステラも馬車を使うが、大きな木の箱に車輪がついただけの簡素なものなのだ。ガタガタ揺れて尻《しり》が痛くなるし、気をつけないと荷台の荷物が衝撃で跳ね上がって落ちることもある。

それに比べてこの馬車は違っていた。走り始めても下から突き上げられるような衝撃がほとんどないのだ。馬の蹄の音と金具がカチャカチャと擦《こす》れる音しか聞こえない。

（こんな静かな馬車があるんだ。すごいや。でも物語の中にこんな場面あったかな……？）

自分の記憶の中にこれと同じ瞬間があったかを考えるが、細かいところまでは思い出せない。

「おとなしいな。傷が痛むか？」

「え、いえ、それほど、痛くはないです。なんだかご迷惑をおかけしてすみません。それと、助けてくださってありがとうございます」

いろいろと落ち着いてきて、礼を言ってないことに気がついた。ようやく口にできてホッとする。

「別に構わないさ。もう帰るところだったから。君が女の子を反射的に庇ったように、私も君と女の子を暴れ馬から反射的に救っただけだ。やっていることは同じだ」

「でも、僕は庇っただけで助けられたかどうかはわからないですが、ラウール様はちゃんと助けてくださいました」

「でもほら、怪我をさせてしまったから、完璧《かんぺき》とは言いがたいな」

ふふふ、とラウールが笑う。この一帯の領主がラウールだというのは知っていたが、正直、顔を見たのは初めてだった。いつもは村で家の仕事をして、作物を持っていくのは父親の仕事だったからだ。今日は納める野菜が少量だったので、無理を言ってステラが配達に来た。

実際の目的はラウールの邸へ行くことだったが、思わぬ形で邸を訪れることになってしまった。

ラウールと話しているうちに、馬車はあっという間に邸の前までやってきて停止する。御者が下りて馬車の扉を開けてくれた。

「待って、私が先に下りるから、君は私の手を掴んで」

「あ、はい。ありがとうございます」

馬車を下り立って邸を真正面から見上げる。三階建ての煉瓦《れんが》作りで、屋根は赤煉瓦よりも濃い色だ。煙突がいくつも立っていて、明かり取りの窓もたくさんある。出入り口からは使用人が何人も姿を見せた。

「お帰りなさいませ。旦那様。そちらはお客様ですか？」

「そうだ。怪我をしているから治療を頼む。絵画の展示は進んでいるか？」

ラウールがそう言いながら、大きな邸に度肝を抜かれているステラを、街でそうしたようにスイッと抱え上げた。

「わっ！　も、もう大丈夫ですっ」

「大丈夫ではないことを先ほど確認しただろう。とにかく、君は黙って私に抱かれていればいい」

　ラウールが涼しい顔でそう言いながら邸の中へと入っていく。周りの使用人は目を丸くして驚いている。どう思われているのかと想像するだけで恥ずかしい。

　通されたのはラウールの私室のようだった。大きくて立派なデスクが部屋の奥に鎮座し、足元は金糸で模様の描かれた真っ赤で豪華な絨毯《じゅうたん》が敷かれてある。ふかふかのソファに下ろされてステラは落ち着かない。壁には造りつけの棚がたくさんあり、見たこともないような綺麗な背表紙の本がびっちり詰まっている。壁には絵画がかけられてあり、縦長の窓には真っ赤なカーテンが下がっていた。

（こんな場所、初めて来た。すごい……すごすぎる）

　部屋の随所に綺麗な花が生けられてあり、明かりを灯《とも》すための燭台《しょくだい》もピカピカに磨かれてあった。

　そわそわ落ち着かないステラのもとにやってきたのは、なんと邸に常駐している医者だったのである。まさか邸に医者までいるなんて驚きだった。

　年齢的には六十代くらいで、頭の毛はほとんどなかった。口ひげを蓄え、丸い眼鏡《めがね》をかけた男性だ。

「ダグラス、彼の……ステラの傷を見てやってほしい。足は少しひどい」

「わかりました、旦那様。では見せてください」

足に巻かれたハンカチーフを取ったダグラスが「おや」と呟いた。

「縫うほどではないですが、傷口を洗って薬をつけて、傷に当てる布を毎日取り替えるといいでしょう。腕は足ほどではないので、清潔な包帯を巻いておきますよ」

ダグラスの処置は迅速かつ的確だった。破れたズボンを脱いで、足を洗い薬をつけられる。少ししたら使用人のメアリーという女性が洋服を持ってきた。

「旦那様がもうお召しにならないお洋服をお持ちしました」

「ありがとう。ステラ、私のお古で申し訳ないが、これなら着られると思う」

「えっ、あの、服までそんな……っ、大丈夫です！」

「大丈夫？」

ラウールの視線が、傷を治療するために切り裂かれたズボンに移動する。それを着て帰るの？　という表情でこちらを見られて、じわっと頬が熱くなった。

「あの、お言葉に甘えて……お借りします」

「いや、もう私は着ることがないから、そのまま着替えて帰るといい。帰りも自宅まで送ろう」

「え！　そんな……」

申し訳ないです、と言いかけたが、ここからリコッタ村まではかなりの距離がある。それを手当てはしてもらったとはいえ、怪我をした足で帰るなんて到底無理だろう。

「ん？」

どうかしたか？　と言いたげなラウールの眼差《まなざ》しに、ありがたく申し出を受けるとステラは伝えた。その返事にラウールも満足げな顔で向かい側のソファに腰を下ろす。

「本当になにからなにまでありがとうございます」

「いや、気にすることはないよ」

使用人が持ってきた紅茶を優雅に飲みながら、ステラが治療を受けているのを見ている。あっという間に治療は終わり、汚れていた服はラウールのお下がりをもらい綺麗になった。ブラウンの上質なパンツに白い襟付きのシャツ。ボタンのひとつひとつも高そうだった。ずっと履き古しているくたびれた革の靴とはちぐはぐな印象だ。しかしそれはもうしかたがない。

立ち上がってみると、痛くて歩けないと思っていたが、治療と少し休んだおかげでどうやら大丈夫そうだ。

「今日は、ラウール様がお邸で絵画を公開されると聞いて、街まで来ました。でもこんな形でお邸を訪ねることになるなんて複雑な気持ちなんですが……」

「ああ、そうだったのか。もう見ることができるから、心ゆくまで見ていくといい。案内しよう」

「えっ、いいんですか？　案内まで……ありがとうございます」

ラウールの顔を見れば見るほど、記憶の中の恋人と重なる。彼にもし前世の記憶があるならそれはきっと……。まだ確信はないし、どうやって聞けばいいのかわからない。

いろいろと考えているうちに、絵画が展示されてある建物に案内された。そこでは街の人々がもう絵を鑑賞しているようだ。

「ああ、素晴らしいわ。この女性の絵は美しいわね。薔薇《ばら》もとても綺麗だわぁ」

「ねえ、こっちの風景画もすごいわよ。私こんなのを見たの初めてだわ」

人々が口々に感想を言い合いながら鑑賞していた。

「私は奥の部屋にいるから、ゆっくりと見ていくといいよ」

「ありがとうございます」

ステラもみんなと同じように入り口まで歩いていき、そこからじっくりと見始める。一枚目は女性が鍔《つば》の大きな帽子を被り、一輪の美しい薔薇の花の香りを楽しんでいる様子だ。やさしいタッチの淡い色使いだ。目を閉じた女性が今にも開眼しそうな感じである。

「これ、やっぱり知ってる」

ステラはそう呟いた。脳裏に浮かんだのは様々な構図の絵だった。ステラは奥歯を噛《か》みしめ、今にも泣き出しそうな感情を必死に腹の中に押しとどめる。知っているのに見たことがないような不思議な感覚だ。寒くもないのに全身が震える。

「本当に、あの人が描いたんだ……」

「当たり前よ。だからここにあるんじゃない」

　隣で絵を見ていた女性が、ステラの独り言に返事をする。驚いて声のする方を見れば、村人の格好ではなく街でよく見るカラフルで小綺麗なドレスを身につけた女性だった。

「ラウール様はこの一帯の領主であり、流星の騎士であり、天才的な芸術の才能の持ち主なのよ。こんなすべてに万能な人がいるなんて信じられないわ。ねえ、リアンナ」

「本当にそうよね。こうして自分で描いた絵をみんなに見せてくださるなんて、心のお広い方でおやさしい。それにあの美しい容姿。この国の女性はみんなラウール様をお慕いしていますわ」

　女性二人が頬を赤らめながら話している。確かにラウールの眩《まぶ》しいほど美しい金髪に、目が離せなくなる美貌《びぼう》は女性の視線を縫い止めるのに余りある。

　ステラはこの絵を見て確信した。この描き方の絵を知っている。記憶の中の様々な絵と酷似していた。もしかしたらラウールにもステラと同じようなことが起こっているかもしれない。前世の記憶がなんらかのタイミングで蘇《よみがえ》っていたら……。

(確認するにはどうすればいいのかな)

　ステラはその方法を考えながら、壁にかけてある絵を順番に見ていく。どの絵もステラの胸に懐かしさをもたらした。最後まで見終わったとき、信じられないほど涙をあふれさせて泣いていた。

「あなた、大丈夫？」

女性に声をかけられそちらを向く。泣くほど感動したのね、と勝手に解釈をした女性が綺麗なハンカチーフを渡してくれる。ステラはぼんやりとしたまま受け取った。

（こんなの、こんな気持ち……どうすればいいの？　会いたくてしかたがなくて、懐かしくて切ない。僕の気持ちじゃない。タクミの想い……）

女性にもらったハンカチーフで涙を拭う。とにかくラウールに聞いてみたい、その気持ちだけで絵画を見終わったステラは、邸の奥に入っていく。

（確か、ラウール様はこっちの方へ歩いていったような……）

奥の部屋にいるからと言い、その場から離れたラウールを探して歩き回る。中庭らしい場所に出たが、邸が広すぎて奥の部屋がどれか全くわからない。迷子である。

「おかしいな……こっちじゃないのかな」

中庭には大きな背の高い木が植わっており、建物の壁沿いには薔薇の蔦《つた》が這《は》っている。きちんと手入れがされていて、色とりどりの薔薇からは甘い香りが立ち上っていた。足元は手入れの行き届いた緑の鮮やかな芝生で、奥の方には小さな噴水まであった。

「うわあ……なんだろうここ。夢の世界みたいだ」

あまりに美しい中庭に感動し、ラウールを探す目的を一瞬忘れてしまう。ステラは美しい中庭にうっとりと見惚《みと》れながら、青銅製のベンチに腰かけた。真上から差し込む日差しが、芝生に様々な模様を作っている。顔を上げ、木々の間から落ちる木漏れ日を見つめた。

「おや、ステラ？　こんなところでどうしたんだ？　もう絵画鑑賞は終わった？」

声をかけられ、そちらに顔を向ける。建屋と中庭を繋《つな》ぐ扉の前に、ラウールが立っていた。その顔を見て感情を抑えられなくなってステラは泣き出していた。

「おい、どうした？」

「すみません。ちょっと、自分でもわからなくて……」

ラウールが近くにやってきてステラの隣に腰を下ろす。どうして泣いているんだ？　と聞かれても、ステラはそれがなぜだかわからず、俯《うつむ》いてただ首を振るだけだ。

「変なことを聞くが、どこかで君と会った気がするんだが……」

濡れた睫を跳ね上げ、隣のラウールの顔を見つめた。涙の膜が目の前のラウールをいっそうキラキラ輝かせている。

「……コウ」

ステラは無意識にそう呟いたが、ラウールは怪訝そうな顔をするばかりだ。ステラの涙はしばらく止まらなくて、ラウールを困らせてしまったのである。

ようやく涙が止まったステラは、ラウールの計らいでリコッタ村まで馬車を出してもらうことになった。別れ際、泣き腫《は》らした目で礼を言うと、ラウールはとても心配そうな顔をしていた。それが脳裏に焼きついている。

馬車に揺られながら、ラウールが記憶の中の男性「コウ」とダブって見えて、そればかりを考えている。前世の記憶があるかどうか本人に確認をしようと思ったのに、いざ本人を目の前にしてなにをどう言っていいのかわからなかった。それよりも不意に湧《わ》き上がってくる感情に涙があふれ、なにも言えずじまいだった。

「はぁ……。やっぱり似てるんだよな……」

屋根のついた馬車の窓から、外を眺めながら考える。風がステラの前髪をふわふわと揺らしていた。


ラウールの邸で絵を見た二日後、平穏な日常が戻ると思っていたがそうはならなかった。

「ステラー！　ステラ、起きなさい、ステラ！」

まだ夢の中にいたステラは、母親のけたたましい呼び声に飛び起きた。

「母さん？　なにかあったの⁉」

慌てて部屋から出ると、玄関の扉の前で顔を青くした母親が立っているのが見えた。誰か来たの？　と声をかけて近づくと、母親がゆっくりと玄関の扉を開く。

「やあ、おはよう。ステラ」

そこに立っていたのは、二日前にステラを馬車に乗せて心配顔で見送ってくれたラウールだった。目を丸くして押し黙ったステラは瞬きすらも忘れてしまう。

「ちょっと、ステラ！　あなたなにぼんやりしているの？　領主様があなたを訪ねてこられたのよ⁉　挨拶《あいさつ》くらいしなさいな！」

「えっ、あっ、えっと、お、おは、おはようございます！」

動揺しながら挨拶をすると、ラウールがにっこり微笑んだ。なにがどうなっているのかさっぱりわからず、ステラは挨拶をしたものの、その場に立ち尽くす。

「ステラ！　ちょっとあなた、大丈夫？」

「え、ああ、うん。えっと……どうしよう、中に入ってもらう？」

「そ、そうねぇ」

ステラは母親と顔を見合わせる。二人は起きたばかりでまだ夜着の状態だ。着替えなくては……と考えたのは同時だった。

「す、すみませんラウール様。こんな格好なので、すぐに着替えてきますので！」

「いいよ、外で待っているから、声をかけて」

「は、はい！」

玄関の扉を閉めて、ステラは慌てて自分の部屋に戻って夜着を脱ぎ捨てベッドに放り投げる。クロゼットを開いて綺麗な服を探すも、一番綺麗な服はこの間ラウールにお下がりでもらったものだけだった。

（これしかないか）

慌ててその服に腕を通してズボンに穿《は》き替え、いつものようにサスペンダーをつけた。そして大急ぎで玄関に戻る。扉の前で深呼吸をひとつして、ステラは意を決して玄関の扉を開けた。少し離れた場所に、二日前にステラが乗って帰ってきた馬車が停まっている。ラウールは中で待っているようだ。

（僕になんの用なんだろう。なにか用事があって来たんだよね？　それにしてもラウール様がうちに来るような場面、あったかな……？）

物語の記憶を懸命に思い出そうとするが、まるで霧がかかったようではっきりしない。ステラはドキドキしながら馬車に近づく。すると扉が開き中からラウールが姿を見せた。

「お待たせしました。それであの、僕になにかご用でしょうか？」

ステラの格好を見て「おっ」となにかに気づいた顔をされる。自分があげたお下がりの服を着ていたことに気づかれたようだ。少し照れくささはあったが、ボロい服で会うよりいいと思った。

今日のラウールもやはりキラキラしていて完璧だ。油断すると見惚れてぼんやりしそうになる。

「そんなに重要な用で来たわけではないから、あまり緊張しないで。傷の具合が心配で、それで来たんだ」

「えっ、そうだったんですか……」

まさかステラの傷の具合が気になって、こんな辺鄙《へんぴ》な村まで足を伸ばすなんて、とステラは目を丸くした。

「あ、傷はずいぶんよくなってます。でも体のあちこちがギシギシして痛む感じで、ブリキの人形になった気分です。なので迷子牛を探し回るのはできないですね」

あはは、と頭を掻《か》いて笑みを浮かべた。傷はステラの言う通りよくなっているが、翌日になって体のあちこちが痛くて驚いた。おかげで迷子牛を探す仕事は父親がやっている。

「牛が迷子になるのか？」

「うちの子は一頭だけいつも帰ってこなくて、それで探しに行くんです。ラウール様の後ろに見える牧草地に今日も放牧しますよ」

ステラが指を差すと、ラウールが振り返る。青々と茂った牧草が風で揺れていた。

「そうだったのか。ここは広くて空気がよくて開放感があっていいな。よかったらその放牧とやらを、手伝わせてはくれないか？」

「は？」

突拍子のない申し出に、自分でも聞いたことのないような間抜けな声が出てしまった。

（そうだ、思い出した。領主様がうちの仕事を手伝うって言い出して、僕も両親も恐縮するんだった）

いざその場面がやってくると驚きは隠せない。

「そんなに驚くことか？」

ラウールが口に手を当てて肩を揺らして笑うのを見て、ステラは頬が熱くなるのを感じて下を向いた。

「だ、だって領主様がそんなことをされるなんて、そんな、ダメですよ」

「その領主様とかラウール様とか、かしこまって呼ばなくていいよ。というか、ステラがどんな仕事をしているのか知りたくなったんだ。それに、体が痛いのなら、手伝いが必要だろう？」

「で、でも、ラウール様は領主様ですし……なんと呼べば……」

「普通に、さん付けでいいんだよ、ステラ」

そんな……本当に？　という驚きの顔をラウールに向ける。その顔を見たラウールがまた声を殺して笑った。彼の前では顔が熱くなることが多い。

「それではあの、お言葉に甘えて……ラウールさん、牛を……放牧したいんですか？」

怪訝な顔でラウールを見上げると、興味津々で青い瞳を輝かせて頷《うなず》いた。どうやら本気のようだ。しかしラウールの格好は、到底作業ができるようなものじゃない。作業で泥が跳ねるし、服が汚れるのは避けられないだろう。

「いや、ステラの仕事を手伝いたいんだ。ダメだろうか？」

「その、洋服が汚れるので……」

「いや、構わない」

頑として譲らないラウールに、ステラは押し黙った。これは引き下がらない感じだ。参ったな、とステラは頭を掻く。

(どうしよう。汚れてもいいとは言われても、そうはいかないし……。あ、そうだ。父さんの服なら着られるんじゃないかな)

そう思ったステラは、父親の服に着替えるならという条件を出した。もちろんラウールは二つ返事で了承した。大急ぎで父親の服を取りに行ったステラは、シャツとズボンと長靴をひっつかんで戻ってくる。

「これ、サイズが合うかどうかわからないけど、着替えてください」

「ありがとう。じゃあこちらこそお言葉に甘えて借りよう」

馬車の中へ服と長靴を持って入り、しばらくして着替えたラウールが出てくる。サイズは微妙なところだ。

「袖は少し短いが、折り返せば問題ない。ズボンも裾が短いんだが……長靴に入れてしまえばわからないだろう」

身長は父親とそう変わらないのに、手足の長さが全く違うようだ。ラウールのスタイルのよさを目の当たりにして笑顔が引き攣《つ》った。

「ねえ、あの馬車……領主様じゃない？　紋章……入っているわよね」

ステラの家の前に豪華な馬車が停まっているので、村人に見つかってしまったようだ。興味を持っているのは主に女性の村人で、集まって遠巻きに見てはキャッキャと騒いでいる。

（まずい、目立ってる。いつの間にこんなに集まってきたんだろう）

振り返ったステラは注目を浴びるラウールを早くこの場所から移動させたかった。父親のボロい服を着ているラウールを、みんなの目に晒《さら》すのは申し訳ない。

「あ、あのっ、こっちです。こっち！」

これ以上ここにいられない、とステラはラウールの手を摑んで歩き出す。

「おっと、そんなに急がないで、ステラ」

駆け足で牛舎のある方へと向かった。建物の中に入ると、ステラは辺りをキョロキョロして警戒する。どうやら小屋を覗き込む厚かましい見物人はいないようだ。

「まったく……ラウールさんは見世物じゃないっての」

呟いたステラは、自分がずっとラウールと手を繫いでいることに気づいて慌てて離した。目の前には白地に黒い柄のある、メスの牛がこちらをじっと見つめている。早く外に出してほしそうな顔をしていた。

「それで、私はなにをすればいい？　牛は六頭だけ？」

「あ、はい。面倒を見られるのは家族だけなので、この頭数でも大変です。他にヤギもいるし、別の敷地では作物も作っているので」

「そうか。両親とステラだけなら、大変だな」

「毎日忙しくしていますけど、楽しいですよ」

ステラは牛の出入り口を塞《ふさ》いでいる柵《さく》を開き、小屋の外へ出るように促した。慣れた牛たちは、ステラのかけ声を聞いてゆっくりと歩き出す。

「この子たちを牧草地の方へ誘導してください。みんな大きいですけど、気性は荒くないので暴れることはないと思います」

「ねえ、もしかしてあの子が……」

ラウールが小屋の一番奥でのんびりしているメスの牛を指差した。

「あれが迷子牛です。あ、名前はルーっていいます。ほら、ルー！　外に出るよ！」

「ゥモォー」

ルーがひと鳴きしてこちらを見る。そしてようやく小屋の外に出るため歩き始めた。本当にマイペースでおっとりしている。

「かわいいな。ルー！　ほぉら、外に出るぞ～」

ラウールが近づいて慣れた手つきでルーの首筋を撫《な》でている。まるでずっと世話をしていたかのような感じだ。

「ラウールさん、牛の扱い上手いですね。初めてじゃないんですか？」

「いや、遠くから見たことはあるが、触るのは初めてだよ。でもルーの目がとてもやさしいから、大丈夫だと思ったんだ」

ラウールの度胸にステラは目を剝《む》いた。初めて間近で牛に接して、こんなに余裕で操るなんて驚きだ。そうして六頭の牛の放牧を終える。そのあとは、小屋の中の掃除だ。これが一番大変なのである。汚れた藁《わら》と牛の排泄《はいせつ》物を集めて農地のある方へ移動させる。これは堆肥になるので貴重なものだ。

そして井戸から水を汲《く》んで運び、小屋の中を水で流しながらブラシをかけていく。最後に綺麗な藁を敷き詰めて、牛小屋は完成だ。

掃除が終わった頃にはシャツは汗で濡れていたし、泥跳ねや牛の糞《ふん》で汚れている。二人は小屋の脇にあるベンチに腰かけて休んでいた。

「ラウールさん、汚れちゃってますね。拭《ふ》くものを持ってきますから、待っていてください」

立ち上がって離れようとしたとき、ラウールに手を摑まれた。

「あの、ラウールさん？」

「待って、このままちょっとだけ、一緒にいてほしい。いいかな？」

思わぬ提案にステラは驚いた。二人とも馬糞と泥で汚いし臭いのに、そんなことを言う貴族がいるなんて、という顔だ。

「いい、ですけど……。嫌じゃないんですか？」

「嫌じゃないよ。私は貴族でステラとは身分が違うけど、こうして同じような格好で泥だらけになっていると、同じになれた気がしてうれしいんだ」

「ラウールさんって、変わってますね」

ふふふ、と笑いながら言うと、作業を手伝うよ、と言ったときと同じようなキラキラした瞳でこちらを見つめてきた。

「ステラは、笑うととても魅力的だな」

突然ラウールが変なことを言うので、笑顔のままで固まった。

（え……っ、ラウールさんって、こんな人なの？　えっと、こういうときはどういう反応をすればいいのかな⁉　というか、物語の中にこういうのあったっけ？　え？　え？）

パニックになりながら、ベンチにゆっくりと座り直す。その間もラウールはステラの手を握ったままで、それが気になってしかたがなかった。

「困らせたかな？」

「いえ、あの……そういうことを言われたことがないので、驚きました」

「そうか。なんというか、君を助けた日に初めて会ったはずなのだが、どうしてか以前にも会った気がしていて、それで気になってね」

魅力的だと言われたこととは違う話題をされてホッとするものの、初めて会った気がしないと言われてまたドキッとする。

(今なら、前世の記憶のこととか聞けるかもしれない)

そう思ってラウールの方を向いたとき、ちょうど同じタイミングで彼がこちらに顔を向けてきて目が合った。

「あの、変なことを聞いてもいいですか?」

「なんだ?」

「ラウールさんはその、僕を見て前に会ったことがあるかもって言われたのって、どこかにその、記憶があったりしますか? こう、今のこの世界とは違う場所の記憶というか、人の記憶が、あったりとか……」

上手く説明ができなくて、ステラは何度も言葉を詰まらせる。ラウールがステラの話を目を丸くして聞いていて、これはわかってもらえてないなとすぐに把握した。

「あ、すみません。なんか僕、変なこと言ってしまって……あるわけない、ですよね」

様子を窺《うかが》うようにして言うと、ラウールがフッと笑った。ステラはドキッとした。その笑い方が記憶の中のコウとまるきり同じだったからだ。

(あ、まただ。……また泣きそう……なんだこれ)

ステラはシャツの胸の辺りを掴んで唇を噛みしめる。奥歯にぎゅっと力を込め、感情が吹き出しそうになるのを我慢した。

「この世界と違う場所の記憶は……ないかな。でもステラにはどこかで会った気がするのも、ステラのことが気になるのも確かだが……」

「そう、ですか……そうですよね。そんなこと、あるわけがないですよね」

ステラが気になる、とラウールに言われたことより、この世界と違う場所の記憶がないということに落胆していた。さっきまで感情が爆発しそうだったのに、それが一気にぷしゅっと萎《しぼ》んでしまった。

「こ、今度こそ拭くものを持ってきますから、待っててくださいね！」

ステラはなぜか泣きそうになっていて、ラウールがなにか言おうとしているのに気づき、それを振り切ってその場から離れたのだった。

その日から一日おきにラウールがやってくることを、ステラはわかっていた。いや、ステラの前世の記憶で知らされたといった方がいいだろうか。

結局、この世界にタクミの魂が転生したのはステラだけだった。あの日の出来事をここのところ毎日夢に見るようになっている。

満天の星空、隣にはやさしく微笑む恋人の顔。手を繋ぎ幸せだった。それなのに……。

夢から覚めたときはいつも涙があふれていた。

これはなんの涙なのか。

会いたい、寂しい、切ない。

そんな感情が胸から消えない。

ラウールがコウの魂を持って転生していたなら、どんなにうれしかっただろう。

(絶対にそうだと思った。あの絵を見て、ラウールさんの瞳を見て……)

髪の色も瞳の色も違う。それでもラウールと会ったとき、そうだと思った。でも違っていた。

「ん……、また、あの夢だ」

ステラはベッドから起き上がる。頬は涙で濡れていて、それを手の甲で何度も拭った。

この夢を見たときは必ずラウールがリコッタ村にやってくる。この間みたいに牛の世話をしたり、農作物を収穫したり、ルーを探して牛舎に追い込んだりする。

すっかりステラの怪我もよくなって、体の痛みもないというのに、それでもやってくるのはどうしてなのか。まだ聞けないでいる。

ステラは夜着から作業服に着替えた。今日も牛たちを放牧し、牛舎を掃除し、そのあとは両親の農作業を手伝う。夕方前には終わるから、久しぶりに丘の上の小屋で趣味の小説を書く時間が取れそうだ。

ステラの家の方に向かって誰かが近づいてくるのが見えた。どうやらラウールではない。

「ステラ!　おはよう」

「おはようございます。早いですね、村長」

やってきたのはリコッタ村の村長で、なにやら腕に紙の束を抱えていた。

「なにかあったんですか？」

「それがね、昨日ミシラン村がドラゴンに襲われたらしいんだ。だからこれ、注意するようにって知らせが出回っててね……」

小太りで口ひげを生やした村長は、ズボンのポケットからハンカチーフを取り出して、流れる汗を忙《せわ》しなく拭いている。村のみんなに知らせるために大急ぎで街で新聞を印刷してきてくれたのだろうか。

「ドラゴン……ですか。ミシラン村はここからそう遠くないですよね。ミシラン村に友人がいるんです……！　犠牲者は……出たんですか？」

「まあ、それは、そこに詳しく書いてあるから読んでくれるかな。私は他の家にもこれを配らなくちゃダメだから」

「そうですよね。ありがとうございました」

「それじゃあね」

村長は額の汗を拭き拭き来た道を戻っていく。ステラはすぐにもらった新聞に目を落とす。そこにはミシラン村の詳細が書かれてあった。村人の八割以上がドラゴンに殺され、村の再建ができないほど荒らされて燃やされたと書いてある。

あまりの惨状に、ステラはヨロヨロしながら家の外に置いてあるベンチに座り込む。読めば読むほど悲惨な状況だというのがわかる。

「そんな……ミシラン村が、壊滅だなんて……」

ミシラン村には友人もいる。たまに足を伸ばすこともあるし、あの村は美しい川と水田が広がる風景が幻想的で、目を閉じると今でも思い出せる。その村が壊滅と知って震えが止まらない。

その日を境に、ラウールは姿を見せなくなった。きっとドラゴンが城下街の近くの村まで襲い始めたことで、ルシェフ騎士団が緊急招集されたのかもしれない。

「リコッタ村も、ドラゴンに襲われる……なんとかしなくちゃ」

なにをどうすればこの危機を回避できるのかまだわからない。しかしなにもしないままいるわけにはいかなかった。

第二章

ミシラン村がドラゴンに襲われて数日が過ぎた。いつリコッタ村が襲われるかとビクビクしながら過ごしている。それは村人も同じだったのだが、何日経っても不穏な様子は見られず、周辺の村や町もドラゴンが出たという騒ぎも聞かなくなっていった。そうすると村人も次第に警戒心が薄くなっていき、これまでと同じような日常が戻りつつあった。

(僕がこの村を守るには、やっぱりこのことをラウールさんに言って、警備をしてもらわないと無理だよな。でもいつ襲われるかなんてわからないし……)

ステラは朝食を終わらせて、自分の食器をキッチンへと持っていった。両親はすでに農作業に出ている。ステラも早く牛たちを牛舎から出してやらなければいけない。大きくため息をついたステラは、明日にでもラウールを訪ねようと考えていた。しかしその夜、思いがけずラウールがステラを訪ねてきたのである。

「ラウールさん？　ど、どうしたんですか？」

日が落ちてどのくらい経っただろうか。母親が夕食の支度を始めてすぐくらいだ。玄関の扉をノックする音が聞こえステラが対応した。扉を開けると、久しぶりに見るラウールが立っていたのだ。

「こんばんは。夕食時に申し訳ないね。少し外で話せる？」

「あ、はい。母さん、ちょっとラウールさんと話があるから、出てくるよ」

そう声がけをして家を出る。今日は馬車ではなく、真っ白な馬が一頭だけ馬繋ぎで待っていた。ラウールはいつものように貴族の装いである。金刺繍《きんししゅう》が施されたモスグリーンのジュストコートに、ベストとパンツはクリームイエローだ。それにも同じく金刺繍が入っていた。足元は真っ白なブーツで、なにもかも輝いていた。

月明かりの中でラウールの美しい金髪がステラの目を惹《ひ》く。こんな時間に訪ねてくるなんてどうしたのかと、不安と期待が入り交じってしまう。

ラウールが白馬の前で立ち止まり、ステラを手招きして呼んでいる。小首を傾《かし》げ、ステラはラウールに近づいた。

「この子はリンダっていうんだ。女の子」

ラウールがリンダという白馬の首筋をやさしく撫でて紹介してくれる。

「リンダ、僕はステラ。よろしく」

慣れたように馬の鼻面をそっと撫でる。

「それで……えっと、僕になにかご用でしょうか？　野良作業をしにきた、わけではないですよね？」

「今日は野良作業をしにきたわけじゃないよ。ちょっと二人で話せる場所に移動したいから、リンダに乗ってほしくて」

「もう夜ですしね。そういうことですか。わかりました」

二人で話せる場所ならここでもいいのにな、と思いつつ、ステラはリンダの首筋をそっと撫でて、スターラップに足をかけた。しかし家にいる馬よりもリンダは足が長く体も大きいのか、いつもと同じように乗れなかった。

「よっ……！　あれ？　なんだか、上手くいかない……」

ステラが手こずっていると、後ろからラウールに腰を掴まれ、ステラの体は簡単に持ち上げられる。そうしてようやくリンダの背に跨《また》がることができた。

「ありがとうございます。馬に乗るのは慣れているんですが、この子はうちの馬よりも大きくて」

「そうだったのか」

ふふふと笑ったラウールがステラと同じようにスターラップに足をかけ、ひと跨ぎでリンダの背中に乗ってきた。すぐ後ろにラウールの体温を感じ、ステラは自分の鼓動が早くなるのを意識する。

（あれ？　ちょっと待って……ラウールさんが夜に訪ねてくる場面なんてあったかな？）

ここまで細かい部分は物語になかったとしても、ステラの記憶の中にある話の流れ通りに進んでいた。未来がわかるというのは不思議な感覚だが、なにかが起きてから「ああ、そうだった。話の通りだ」と思うのに、ラウールの突然の訪問にはそれがなかった。

「二人で乗るつもりで馬のサドルを二人用に変えてきたよ。グリップを握っててね」

「あ、はい」

　馬に二人で乗るのはステラが子供のとき以来だ。昔は父親の操る馬に乗せてもらい、牛が草を食んでいる横を走ってくれた。大人になってからは二人で乗ることはなくなったが、ラウールの前に座らされてまるで子供に戻った気分である。

「よし、行こう」

　ラウールが緩く右に手綱を引き、リンダの腹を軽く刺激するとゆっくりと歩き始めた。どこへ行くのだろうと思っていたが、リンダの足は確実に林の中の道に向かっていた。

　昼間ほどではないが、林の中は木々の隙間《すきま》から明るい月の光が差し込んでいる。風のない日で、木々のざわめきはなく、リンダの歩く音だけがリズミカルに聞こえていた。

「どこまで行くんですか？」

　しばらくリンダの背で揺られていたステラは、行く先が気になって尋ねた。

「もうすぐだよ。とっておきの場所。あ、でもこの周辺のことならステラの方が知っているかな？　ここ最近、ドラゴンの被害が増えているだろう？　それで村の周辺とかを警邏していて見つけたんだよ」

「やっぱり、ドラゴンの襲来は増えているんですね」

「まあ、そうだね。なんとかできればいいんだけど。今、ルシェフ騎士団の面々も、どう対処するか考えているところだ。あ、もう到着するよ」

水深の浅い小さな小川を抜け、いつの間にか上り坂を進んでいたリンダは林から出て、開けた場所に来ていた。ここはもうリコッタ村ではない。

「こんな場所は、知らないですね」

「そうか。よかった。この先に変わった形の湖があるんだ。湖の真ん中まで道ができていて、小さな島に渡れるんだよ」

ステラの背後でふふふとラウールが笑う。その振動が微《かす》かに伝わってきてこそばゆい。

リンダはラウールの操るまま今度は丘を下って緩く左に曲がっていく。行く先に大きな湖が見えてきた。草原と遠くに見える林の木々と、大きな湖。月明かりの中でとても幻想的な光景だ。

近づくにつれて、湖の真ん中に向かって真っ直ぐな道が伸びているのが見える。誰かが作ったといえば納得するような立派なものだ。その道に入ったリンダはこれまでと同じように軽快な足取りで歩いていく。

風のない夜、見上げれば満天の星空が広がっている。その星の輝きは湖面に映り、まるで一面すべてが夜空になったように見えた。馬の背から見るその光景は、あまりに美しくてステラは見惚れてしまう。

「よし、リンダ止まれ。いい子だな」

ラウールがリンダを止めた。スターラップに足をかけたラウールがリンダから下りる。ステラも同じように下りようとしたが、スッとラウールに手を伸ばされた。その気づかいに照れくさく思いつつも、ステラは躊躇《ためら》うことなくラウールの手を摑んだ。

「ありがとうございます」

リンダから下りてラウールの顔を見上げる。さっきは気づかなかったが、少し疲れた顔をしていた。

「ラウールさん、疲れてますね。もしかして騎士団のお仕事が忙しかったですか？」

「そうだね。ここ最近はドラゴンの出現報告がないから、ようやくステラに会いに来られたよ」

まるでずっと会いたかったと言っているように聞こえて頬が熱くなる。夜でよかったとステラはホッとした。

「この小さな島、自然にできたんですかね？」

「そうだろうね。ほらこっち。この先に準備してあるから」

そう言ったラウールがステラの手を摑んだ。まるで自然にそうされて驚く。一瞬だけ強《こわ》ばったが、ステラのそんな様子には気づかなかったようだ。

（ラウールさんって……積極的な感じ、だよね。意識しすぎな僕がおかしいのかな？）

ラウールに手を引かれ連れていかれた場所には、木製のガーデンチェアが二つ置いてあった。その光景を見たとき、ある場面と重なる。

「こ、これって……」

あのときと同じだ、と思ってステラは驚いた顔で固まる。ラウールは自分の準備したサプライズに驚いていると思ったようだ。

「こんな準備をしていると思わなかった？」

「あ、ええ、そう、ですね……。こんな素敵な場所なのに、僕と二人でよかったんですか？」

「え？　私はステラをここに連れてきたかったから、とても満足だよ」

そう言われて再び驚く。どうやらラウールにかなり気に入られているようだ。これでコウの魂がラウールに転生していれば完璧だったのになんて、詮無《せんな》いことをまた考える。

――会いたい、触れたい。声が聞きたい。

タクミの想いが必死に訴えてくる。しかしステラにはその気持ちに応《こた》えてやれない。それがやるせなく切ない。

「ありがとうございます」

礼を言ったステラの顔を、ラウールがじっと見つめてくる。なにかおかしいかな？　とステラは笑顔のまま首を傾げる。

「笑っているのに悲しそうなのは、なぜだ?」

「えっ、僕、そんな笑い方をしてましたか? すみません、あの、そんなつもりはなくて」

「とりあえず座って話そう」

「……はい」

ガーデンチェアに座り背もたれに背中を預けた。星空を見上げ、ステラはまた感情が込み上げてくるのをあふれないよう、大きく息を吐いた。

「この星をステラに見せたかった。空と湖、境目がなくなる感じを見ていると、絵を描きたくなるんだ」

「本当に綺麗ですね。この景色をラウールさんの絵で見られたら、きっと素敵です」

ステラはそう言いながらも、ラウールが本当にこれだけを見せるためにこんな準備をして夜に訪ねてきたのだろうかと疑問を持つ。

(こんなのまるで、恋人の逢瀬《おうせ》と変わらないよね)

そんなことを考えて一人で顔を熱くする。彼は違う、と自分に言い聞かせるのに、ステラの心はラウールに惹かれていく。ラウールをコウと重ねているからなのだろうか。

「ステラとゆっくり話したかった。昼間に時間が取れなくて夜になってしまったが……」

ラウールが静かに話し始め、ステラはその声に耳を傾ける。

「少し前まではずっとドラゴンの襲来が続いて、ルシェフ騎士団も大忙しだった。襲撃された村や町はひどい状況で、どれだけ倒しても襲撃は減らなかった」

「最近はミシラン村が襲われたんですよね。友人が住んでいたんです……安否がわからなくて、今も行方不明です」

ミシラン村が襲われたと村長の持ってきた新聞で知り、ステラはその日にすぐミシラン村へ向かった。村の入り口で来たことを後悔した。家々は焼かれて、あちこちに傷ついた人が座り込んでいた。肉の焼ける臭《にお》い、血の臭いが鼻を突いた。友人の家へ向かえば、そこには真っ黒に焼けた家の残骸《ざんがい》しかなかったのだ。

――ここの住人はどうしたんでしょうか！

近くの人に聞いたが、ただ首を振るだけでなにも答えてもらえなかった。村の中を走って探してみたが、生きているのか死んでしまったのか、とうとう見つけることができなかったのだ。

「そうだったのか。その村を最後に、ドラゴンの襲来がまた止まった。それがどうしてなのかはわからないが、今も騎士団は警戒をしている」

「リコッタ村も襲われるんです……そのとき、どうすればいいのか……」

ステラの言葉に、ラウールが怪訝な表情になったのがわかる。今の言い方だと、襲われることがわかっているように思われてしまう。

「もし、その、リコッタ村が襲われたとき、僕になにができるのかと……」

「そうだな。騎士団のみんなも、村や町には警戒を促している。襲われても対抗する手段が村や町にはない。騎士団の騎士を常に配置すればいいのだろうが、そうすれば城の警備が手薄になる」

真剣に語っているラウールの横顔を、苦悩する彼をステラは見つめていた。同じ気持ちなのだと思うと、その苦しみがよくわかる。

「みんなが怯《おび》えて毎日を暮らしている。だからこそ、それを少しでも癒《い》やしたくて絵を描こうと思っている。絵画鑑賞の間は、現実から離れられるからな」

また邸を開放し、絵画を披露するつもりなのだとラウールは話してくれた。ドラゴンの被害をなんとか減少させたいこともまた、今後の目標なのだという。

「そうなんですね。ドラゴンがどうしてアナトリアの町や村を襲うのか、わかればいいのですけど……。僕も現実から離れるために物語をよく書くんです。父にはそんなことばかりしていないで、もっと家のことを手伝ってくれと言われるんですけどね」

小説を書くことはステラにとって息をするのと同じだった。自由に使える僅《わず》かな時間、頭の中の空想を文字にすることは至福である。

「ステラは物語を書くのか？　それはすごいな。どんな物語か読ませてはくれないか？」

「えっ、でも、それはちょっと……恥ずかしいです」

「恥ずかしがることはない。別に読んで笑ったりはしないよ。ステラがどんな物語を書くのか興味があるんだ」

そう言われても、すぐに了承はできなかった。きっと相手がラウールでなければ見せたかもしれない。ステラの書いた物語を読んで、ラウールがどう思うのかと考えると、とても怖くて見せられない。

「なら、こうしよう。私が新しい絵を描く。それとステラの書いた物語と交換するというのはどうだ？　一番初めに、ステラに見せるよ」

ラウールのやさしく微笑む瞳がステラを見ている。その目を見ていると無理だとは言えない気持ちになってきた。むしろラウールの新しい絵を初めに見ることができるなんてと、魅力的な誘惑に抗《あらが》えなくなる。

「だめ？」

ラウールがうれしそうな顔でこちらを見てくる。そんな顔をされて断れるわけがなかった。

「そんな条件……お断りできないです」

ステラは両手で顔を覆った。恥ずかしいのにうれしくて、この気持ちをどう表現したらいいのかわからない。

いか？」

「よかった。ステラは自分の書いた物語を、たくさんの人に読んでもらいたいとは思わないか？」

「あ～それは思いますけど、僕の書いた物語を面白いって思ってくれるか不安もあるんですけど。僕の書いた話が本になるなんて夢のまた夢、ですね」

物語の大半がステラの妄想だ。こんな世界ならいいのにと思って書くことが多い。例えば動物と話せるようになりたいとか、言葉を交わさなくても心が通じたら面白いのにとか。人が聞いたらなにをバカなことを、と言われそうなことばかりだ。

「夢は叶《かな》えるためにあるんだ。そうだ、もしよかったら、ステラの書いたその物語の絵を私が描くというのはどうだ？　二人でひとつの作品を作る感じだ」

「えっ」

ラウールにそう言われて、ステラは驚いて息を呑む。今と同じことを前にも誰かに言われた記憶があるのだ。そのとき飛び上がるほどうれしかった気持ちが胸の中にある。

「もしかしてそういうのは嫌か？」

「いえ！　嫌なんかじゃないです！　その、驚きすぎて……。なんというか、光栄で……。本当にいいんですか？　まだ僕の物語を読んでもいないのに」

「そうだな。でもきっと面白いんだろうなって、どうしてか確信があるんだ。前にも言ったかもしれないけど、ステラとはどこかで会った気がしていて、それは今も変わらないんだ。いや、今は知り合いなのだが……なんと言えばいいのか、昔から知っている、そんな感じだよ」

わかるかな？　と聞かれて、ステラは無言で頷いた。その気持ちは馬車とぶつかりそうになったあの瞬間からずっとある。

「もしかしたら、大昔に……僕とラウールさんは知り合いだったかもしれないですよ。例えばここことは違う……世界で」

またこの気持ちだ。込み上げてくる切なさとラウールに対する愛《いと》しさだ。ステラは奥歯をグッと噛む。

「そんな面白いことを考えるステラが書く物語だぞ。私が気に入らないわけがないな。じゃあ約束だ」

ラウールがステラの手を取った。小指を掬《すく》い上げられ、ラウールの小指と絡ませ合う。

「ピンキースウェア」と言ったラウールがゆっくり顔を近づけて、絡め合った小指にキスをする。息が止まってしまうかと思った。

「そんな顔をしないで。指を離せなくなる」

切なげなラウールの声に、思わず離さないでほしい、と言いそうになってしまう。しばらく小指を絡ませ、ステラとラウールは美しい星空の下で見つめ合っていたのだった。

日を空けずにリコッタ村に来ていたラウールから、手紙が届いたのは昨日だ。

――ステラ。ドラゴンの関係で騎士団の仕事が立て込んでいる。毎日君の笑顔を見たいのだが、そうもいかなくなった。こちらが落ち着いたらまた会いに行くよ。

そんな内容の手紙とともに、ハーミルの押し花が一輪同封されていた。封筒を開けた瞬間から辺りに甘く心地よい香りが広がった。まさかこんなお知らせをもらえるとは思っていなかったのでとてもうれしくて、毎日寝る前に淡い紫の押し花の入った封筒の香りを吸い込んでラウールを思っている。

(会えなくなるのは寂しいけど、この手紙があればしばらくは我慢できそうだ)

その夜も、ベッドに入ったステラは恒例儀式のように、枕元《まくらもと》に置いてある封筒を手に取って口を開いた。鼻を寄せて香りを吸い込む。爽やかな花の匂いはステラを安堵させる。寝る前にこうして香りを楽しんで、リラックスして眠るようになっていた。

そんな日が数日続いたある昼間、ステラはいつもと同じように農作業に精を出していた。空は抜けるような青空で、見上げるたびにラウールの瞳の色を思い出す。

トマト菜園にいるステラは、左腕に抱えた籠《かご》に熟れたトマトを吟味しながら入れていく。今収穫しているのは売り物ではなく今日のステラの家で食卓に上がるものだ。売り物のトマトは少し青い方がいい。市場に出て買った人の食卓に上がる頃がちょうど食べ時になるからだ。

街へ続く道を一台の馬車がのんびりと進んでいる。荷台にはたくさん荷物を積んでいるようだ。

「おはよう、ステラ！」

その馬車が一旦止まり、菜園にいるステラに声をかけてきた。シルエットと声から判断して、小麦畑を管理しているダールンという男性だ。

「おはようございます！　ダールンさん。いいお天気ですね！　出荷ですか？」

「ちょっと街まで行ってくるよ！　今年は小麦がたくさん収穫できたからね」

「よかったです！　街まで気をつけて！」

ステラの言葉に、鍔の大きな麦わら帽子を脱ぎ、それを振って答えてくれた。ステラも遠くのダールンに見えるように手を振る。そして再びトマトの収穫を始めた。しかし頭の中は違うことでいっぱいだった。

（もしかしたらリコッタ村はドラゴンに襲撃されないかもしれない。この間の夜の、ラウールさんの訪問も物語からは外れていたし……）

自分の思い違いかもしれないと、そう考えるようになっている。しかし心のどこかで不安もあって、ステラは思い悩むことが多くなった。それに気づいたのは母親だ。元気がないステラを心配している。できるだけ大丈夫だと言っているが、あまり信用されていない。

「よし、このくらいでいいかな」

籠を抱え直して菜園を出た。そのときダールンが馬車で消えていった道の先から、栗毛の馬に乗った人がこちらに向かってくるのが見えた。乗っているのは村の人間ではない。ひと目でわかるその格好は異質だった。

(誰だろう。真っ黒のマント……?)

その馬に乗った人物は、村の中心部に向かうのではなく、ステラの家に枝分かれしている道へ入ってきた。ステラはゆっくりと距離を詰めてくるその人のもとへ、小脇に籠を抱えたまま近づく。

「君、もしかしてステラ?」

突然親しげにそう聞かれてステラの足が止まった。馬上の人物の顔には思い当たる節はない。黒い髪は七、三分けでゆるゆると波打っていて、前髪は鼻先まである。その髪の隙間から見える瞳は赤い。白皙の肌と黒髪と赤い瞳が印象的で目が離せない。

「あれ? 君、ステラじゃないのかな?」

「あ、いや、僕がステラです。あの……どちら様でしょうか?」

「よかった、人違いじゃなかった」

そう言った男性が馬から下りてくる。髪の色と同じで黒のマントに黒い服に身を包んだ男性がステラの前に立った。ステラよりもかなり高身長の男性を見上げ、どことなく異様な雰囲気があることに身じろいだ。

「俺はフェリクス。ヴァルギス魔法協会の者だよ。一応、こう見えて魔道士。よろしく」

自己紹介をされて握手を求める手を出された。ハッとしたステラは、小脇に抱えていた籠を下に置き、手につけていた手袋を外して自分の服で手を拭いて彼の手を握った。

「ステラ・オークレン、です……。僕になにかご用ですか？」

「いやあ、そうかそうか、君がステラ。確かに綺麗な顔をしているね。うんうん。俺の好きだった人にも雰囲気が似てる。なるほどねぇ」

なにかを一人で納得したように、ステラの手を握ってぶんぶんと上下に振ってくる。その勢いでステラは体を持っていかれそうになった。

「あのっ、僕に、なんの……用、ですかっ」

「ああ、ごめんごめん。えっと、俺はラウールの友人なんだけど、ここのところずっと仕事の合間を縫って出かけるから、もしや好きな女でもできたのかと思っていたんだ。そしたら……」

フェリクスがニヤッとしてステラの顔を見つめてくる。なにを言わんとしているのかがわからず、ステラは首を傾げて瞬きをした。

「いや、ラウールがステラに熱を上げていると今しがたわかったから、なんとなく納得したんだよ」

右手で自分の顎《あご》を撫でながらフェリクスがニヤついている。

「えっ……ラウールさんが、僕に？」

「そう。ラウールの相手に興味があって見に来たんだ。で、確かにヤツの好みだなと思ってさ」

ステラはなんと答えていいのかわからず、ただ頰をじんわりと赤くして俯いた。その様子を見てフェリクスがまた「かわいい」を連発するので、どんな顔をしていいのかわからなくなる。

「フェリクスさんは、魔道士なんですか？　魔法とか……使えますか？」

「まあ、そうだね。魔道士だから使えるよ。興味あるの？」

「興味というか……」

ステラは言葉を濁した。こんな展開はステラの知る物語にはないのだ。このフェリクスという人物は、タクミの書いた小説には登場しない。

（やっぱり、話が変わってきてるのかもしれない。どういうことだろう）

これまでほとんどの展開がステラの知っている物語に沿って流れてきた。次はリコッタ村が襲われるのだ。それを阻止できればと思ったが、その前に知らない登場人物がやってきて面食らってしまう。

（もしかしたら、これがリコッタ村を救う手立てになるかもしれない）

眉間に皺を寄せて難しい顔をして俯いていたステラは、ひらめいた、と言わんばかりに顔を上げた。ステラを見たフェリクスが目をまん丸にしている。

「あのっ、魔法って僕にも使えるようになりますかっ⁉」

予想外の返答に驚いたフェリクスが言葉を失って固まっていた。どのくらいそうしていたのか、なにかを言おうとしたステラが息を吸ったとき、フェリクスが声を上げて大笑いしたのだ。

「ふははははっ！　なにを言い出すかと思ったらっ、あはははははっ、ステラ、君、本当に最高だっ」

体をくの字に曲げて笑うフェリクスを見て、ステラは自分がどれほどおかしなことを言ったのか理解して顔が熱くなった。

「まぁ、魔法は……そう簡単に普通の人は扱えないから、君には無理かもねぇ」

「先生が優秀でも、だめですか？」

「待って、ちょっと待って、はぁ、すごい笑って息が……」

どこかに座りたいんだけどと言われ、ステラはフェリクスを家の前に置いてあるウッドベンチに案内する。フェリクスが座り、ステラもその隣に腰かけた。

「もしかして、本当に魔法に興味があって、使いたいって思うの？」

「はい……」

「どうして使いたいって思うの？　なんのために？」

そう聞かれてステラは黙ってしまった。本当のことは言えないし、信じてはもらえないだろう。でもリコッタ村をドラゴンから守りたい気持ちは本当だ。

「ここ最近、ドラゴンが村や町を襲っていて、僕の友人も行方不明なんです。リコッタ村もいつ襲撃に遭うかわからないと思っています。それで、僕になにができるかって考えてたんです」

「君が魔法を習得して、この村を守ろうってこと？　ヴァルギス魔法協会の面々もできそうにないことを、全く魔法を知らない君が魔法を覚えて村を守る？」

ステラに言葉の意味を確認するようにフェリクスが聞いてくる。ステラは小さく頷いてみせた。数秒間フェリクスと見つめ合い、彼はステラの目を見て冗談ではないと判断したように視線を逸《そ》らした。

「……なるほど」

さっきまでとは違う硬い声音で呟いて黙ってしまう。もしかしたら魔法のことを軽く考えて、馬鹿にしたと思われたのかもしれない。ステラは慌てて立ち上がってフェリクスの前に立った。

「あ、あの、冗談とかじゃなくて、本気なんです！　リコッタ村が襲われないっていう保証もないし、本気でこの村を……この村のみんなを守りたいんです。でも、今の僕にはそんな力はないし……だから、フェリクスさんさえよければ、本気で教えてもらうことはできませんか？　例えば、村全体になにか特別な魔法をかけて、ドラゴンから見えなくするとか。それか村にドラゴンが侵入したらすぐに騎士団の隊長に知らせが入るとか……なにか、したいんです」

なんとかこの本気をわかってもらおうと、ステラは必死に気持ちを伝えた。その顔をフェリクスが真剣な顔で見つめている。

「そうか。俺をからかってるのかと思ったけど、どうやらそうじゃないみたいだね。この村を守りたいか……それができれば、ヴァルギス魔法協会の面々がもうやっていると思うけど……とはいえ、その考え方は面白いな」

フェリクスがステラの考えを前向きに捉《とら》え始めたようだ。それに気づいてステラの目に期待の色が滲《にじ》む。

「なにか、僕にもできればいいなと思っているんです。だから、フェリクスさん、僕にも魔法を教えてください！」

熱の入ったステラは、無意識のうちにフェリクスの手を握っていた。

「熱いね、その気持ち。まるで俺に愛をぶつけているみたいだ」

「えっ、あ、愛……？　あっ！」

ステラは自分がフェリクスの手を握りしめていることに気づいて、慌てて離す。離さなくていいのにとフェリクスにからかわれるが、自分でも信じられないほど必死になっていたようだ。

「わかったよ。ステラのその熱意に免じて、君にも扱えそうな魔法を教えよう。ただし、使うのは必ず俺と一緒のときだ。魔法は扱いを間違うと大事故になる。わかった？」

「はい、わかりました。よろしくお願いします」

今度はステラの方から右手を差し出した。フェリクスは右の眉《まゆ》をひゅっと上げ口元には笑みを浮かべてその手を握り返してくれる。

その日から二人は魔法について語るようになった。魔道士の扱う魔法は、夜の方が威力を発揮することを教えてもらう。特に星が出ている夜は、星の力を使って魔法を増大できるというのだ。

フェリクスは三日と上げずにステラのもとへ訪れた。両親には気づかれたくなかったので、二人が寝たあとでこっそりと待ち合わせし、夜空が白々と明けるまで魔法の勉強は続いた。

「ふぁぁぁああ……」

ピッチフォークを手に持って、牛の牧草を牛舎で解《ほぐ》していたステラは、大あくびをしていた。完全に寝不足である。

だが夜の魔法学校は楽しかった。ステラの知らないことをたくさん教えてくれるフェリクスに、初めて会った怪しい印象など吹き飛んでしまった。

「こんばんは」

「お、来たね。今日はとても疲れた顔をしているな」

フェリクスと待ち合わせをしているのは、リコッタ村の丘の上にある小屋だ。ステラがよく趣味の小説を書く場所である。この小屋には周辺の農作業で使う共同の農具が格納されていた。小屋の外の大きな風車が回ると、中にある歯車がギシギシと大きな音を立てて回る。そんな音も気にならないほど、魔法の勉強は楽しかった。

「ここのところ、ずっと寝不足なので……」

「だろうね。昼間は仕事があるんだろう？」

小屋の中にある小さな作業台の前に、簡易的な丸椅子《まるいす》が二つ置いてある。そのひとつに座っているフェリクスが、隣に座るステラを気遣ってくれた。

「昼間は家の仕事があって、あ、昼寝はしてるんですけど、寝たりない感じです」

あはは、とステラが笑うと、フェリクスがスッと手を伸ばして頬に触れてくる。そして親指で目の下を撫でてきた。

「ここに隈《くま》ができている。少し勉強の時間を減らそうか？」

「い、いえっ、いいんです。時間がないような気がしているから。本当は毎日でもいいと思ってるんです……」

「……そうか。ステラがいいならいいけど。でも倒れないかと心配だな」

フェリクスの手がステラの頬から離れていった。心配そうな顔をしたまま「それじゃあ始めようか」とフェリクスが言う。

「今日は魔法の流れについて簡単に説明するよ。俺が得意とするのは星の力を使う魔法。魔法陣を使ってその力を増幅し、様々な魔法に変換する」

作業テーブルの上にはランタンが二つ並び、その手前にはフェリクスが持ってきた魔法についての本が三冊置かれてある。その一冊を開いて、フェリクスが魔法について説明してくれた。

魔法の基本的なこと。星の力を集める魔法陣、それを増幅する方法、そして火、水、風、光に変換する魔法陣。魔法がどうやって生まれ、流れていき放出されるのか。フェリクスの説明はわかりやすかった。そして魔法陣の書き方とその意味だ。

「基本的に二重円の中に六芒星《ろくぼうせい》が入る。この六芒星は魔除《まよ》けとして書かれるけど、使う魔法を邪魔されないように絶対に必要なんだ。それから……」

火の魔法、風の魔法、水の魔法、光の魔法、それぞれの魔法陣の書き方や意味を教えてもらう。しかし教えてもらったところですぐに使えるかといえばそうはいかないらしい。

（まあそうだよな。教えてもらってすぐに使えたら、この国の全員が魔法を使えることになるし）

フェリクスの講義を真剣に聞きながらステラは思う。魔法が使えるか使えないかの素質は一体どこにあるのか。もしも基礎知識を習得したとして、他にはなにが必要なのだろうかと、そんな疑問が浮かんでくる。

「基本的な魔法陣の書き方や説明はこの三冊の本に載っているよ。魔法を勉強したい人はみんな読むからね」

「そうなんですね。でも、これを読んだ人がみんな魔法を使えるかどうかはわからないと思うんですけど、僕が使えるかどうかはいつわかるんですか？」

「ああ、魔法の才があるかどうか調べてなかったね。じゃあ今日はそれを調べてみようか」

フェリクスがランタンを手に持って立ち上がった。ステラも同じようにランタンを掴む。フェリクスが外に出て「そこに立ってじっとしていてね」とステラに言い置いたかと思うと、地面に向かって手をかざした。するとステラを中心になにもないところに、黒い焦げ跡のような二重の円が現れ、その中にさっき書物で見た六芒星が浮かび上がる。それ以外に複雑な文字や図形が視線で追いつかないほどの早さで細かく描かれていった。

「うわぁ……すごい」

「よし、これでいいな。ステラ、もうしばらく動かないで立っていて」

「あ、はいっ」

ステラは両手を体の横にピッと揃え、緊張気味に立っていた。

「○△※×#……◎§‖†※△○……」

フェリクスがステラにはわからない呪文《じゅもん》のような言葉を口にし始める。すると魔法陣から青白い光が放たれ、それはどんどん強くなる。あまりに強い光にステラは眩しくなり、顔を背けて両腕で光を遮った。足元から強い風が吹き上がり、周囲の砂利を巻き上げる。

ステラは今度こそ目を閉じて、なにが起きているのかわからず少し怖くなった。

「よし、もういいよ」

フェリクスがそう言った途端、明るく周囲を照らしていた青白い光も強い風も一瞬で消えてしまう。

「あ……もう、終わった？」

「うん、終わったよ。じゃあ中に入ろうか」

足元を見れば、さっきまで黒い焦げ跡のような魔法陣が描かれていたのに、それも消えてなくなっていた。

「あれ、なにもない……うわぁ……すごい」

「ステラ。ほら、中に入るよ」

まじまじと足元を見つめ、本当になにもないのかと、地面を靴で擦っていた。

「……はいっ」

呼ばれて慌てて小屋に入る。これでステラに魔法の才があるかどうかわかったのだろうか。ドキドキしながら丸椅子に座った。

フェリクスは自分の持ってきた鞄《かばん》から、古めかしい革の表紙がついた手帳を取り出した。それを真剣な面持ちで見ながらページを捲《めく》っている。

「うん、やっぱりそうだ」

「えっ、あの、僕は魔法の才能があるんでしょうか？」

期待と不安が入り交じったような気持ちでフェリクスを見つめる。彼はどことなくうれしそうな顔をしていた。

「うん、俺ほどではないけど、あるよ。さっき魔法陣から風が出ただろう？　得意分野は風みたいだね」

「わ、そうなんですか！　すごい……そっかぁ、僕にも才能があるんだ」

両手を開いて見つめ、自分にもなんらかの力があることにうれしくなる。

「もしかして、火の才能がある人はあの魔法陣から……火が出るんですか？　水だと足元が濡れるのかな？」

火の才能だったら熱くてしかたないだろうなと思う。もしかしたら才能を調べるだけで丸焦げになるのでは？　とそんな質問をすると、フェリクスは声を上げて笑った。

「そうか、そうだよな。そう思うのが普通だ。大丈夫。目にはそう見えているけど、濡れたり燃えたりしないよ。まあ風は普通に出てたけどね」

「あ、そうなんですか」

ステラが返事をしても、フェリクスは腹に手を当てて笑っている。そんなに笑うことないのにと、頬が熱くなる。

だが自分にも少しは魔法の才能があることがわかってやる気が出る。この力を使ってリコッタ村をドラゴンから守れる可能性が出てきた。

(僕の知ってる物語とはもうすでに違う。でもリコッタ村を助けたいと思ったときからきっと変わってるんだ)

フェリクスが「続きをしようか」と声をかけてくる。ステラは頷いて開かれた本に視線を落とすのだった。

フェリクスとの勉強は本当に有意義だった。知らないことを教わるのは楽しく、ステラはどんどん新しいことを吸収していく。

ある日の夜、村全体を守るためにはどういう力が必要なのか、というのをフェリクスと話し合っていた。

「そうだな、村の中に入らないようにする。村を見えなくする。村に入ってきたドラゴンを撃退する。他には……」

「ドラゴンと話せれば、襲う理由が聞けるんですけどね」

そんなことはきっとできないだろうと思いながらも、それを口にした。するとフェリクスがスッと真顔になる。

「ステラは面白いことを言うよね。確かに、ドラゴンと話せるようになれば、どうして街や村を襲うのかを聞ける。でもそれは話の通じる相手に対してだけだね」

「話の通じる相手？」

「そう。例えば野盗。野盗にどうして人を襲って金品を奪うのかって聞いて、まともに答えるヤツがいるとは思えない。まあ大体は楽して金を稼ぎたいからって理由は予想できるから」

「ドラゴンは動物だから、お腹が減っているから……とかでしょうか？」

「そうだな。村や町が襲われて、人が食われているのか、それとも作物を奪うために来て邪魔をする人を攻撃しているのか……その辺はラウールに確認した方がいいな」

「そうですね……」

行方がわからないミシラン村の友人のことを思い出した。連れ去られたのか、食べられたのかわからない。ドラゴンはなんのために襲うのか。その疑問がまた頭の中に戻ってくる。堂々巡りだった。

「でも、襲う理由がわかっても、きっとまたドラゴンはやってきますよね」

「そうかもしれないな。さて今日は、ドラゴンが現れたときに威嚇《いかく》する魔法陣を教えよう」

フェリクスが新しい本を見せてくれる。深い青の表紙は古めかしい。威嚇の魔法陣とはどういうものなのか。ステラの興味は膨らんだ。

「これは一定の範囲に入ってきた生物を感知して威嚇し追っ払う魔法だ。そう難しいものではない」

なにも書いていない紙に、フェリクスが魔法陣を書いていく。二重円に六芒星。そして六芒星の周りに文字が書かれる。

「同じものを何枚か書いて村の周囲に貼っておく。そして最後に……」

フェリクスが最後に書いた紙には、またこれまでと違う文字が書かれる。

「この紙の上で手をかざしてthreat《スレット》と呪文を唱える。すると仕掛けた魔法陣から火の玉のようなものが上がる。あちこちで上がれば初めは驚いて逃げるだろう。これは火の魔法の初歩の初歩だよ」

「これ、今やろうと思えばできますか？」

興味を持ったステラは、火の玉がどうやって上がるのかを見たくなって聞いた。しかしフェリクスは困った顔をする。

「でも火の玉だけ出るわけじゃないからね。ものすごい音も鳴る。今は真夜中だし、試しにやったら村のみんなが何事だって起きてくるよ」

「あ、そうなんですね。そうか、驚かせるんだから音が鳴らないとダメですよね」

えへへ、と照れたように笑うと、隣に座るフェリクスがフッとやさしい眼差しになった。

そしてステラの頰に触れてきた。

「君は似てるな」

そう言ったフェリクスの顔が近づいてきた。突然のことで驚いて動けなくなっているステラの頰にフェリクスがキスをする。僅かに触れてすぐに離れていったが、ステラは固まったまま動けなかった。

「そんなに驚かなくてもいいのに。ステラがあんまり素敵だから、キスをしたくなっちゃったんだ」

ふふっ、とフェリクスが笑っている。首からじわじわと熱が上がってきて、ステラの顔は真っ赤になってしまう。フェリクスの唇が触れた頰をステラは手で覆った。

(フェ、フェリクスさんが僕に、僕の頰にキスした……？　え？)

彼のキスにどういう意味があるのかを考えるが、ステラにはわからない。そんな雰囲気でもなかったし突然だった。

「あの、えっと……」

「君は俺の好きだった人に似てるから、ちょっと思い出してしまったよ。ごめんね」

「……そう、だったんですね」

フェリクスの好きだった人はステラに似た女性だったのか、それとも男性だったのかはわからない。キスをする前に似ていると言ったのはそれでだったらしい。

（両親以外の人にキスをされたのは初めてかも……）

熱くなる体をどうしたらいいのかと思っていると、ステラを困惑させたフェリクスが、なにかを思いついたようにこちらに視線を向けてきた。

「もしかして、俺のキスは嫌だった？」

「そ、そんな……ことは……ない、ですけど」

「でも驚いただけには見えなかったな。もしかして……気になっている人がいるのかな？」

思いがけないフェリクスの考察に、ステラの体温がひゅっと上がる。その予想は大当たりだ。

（フェリクスさんには隠し事もなにもできなさそう）

ステラが答えないでいると、フェリクスが静かに笑った。もしかしたらすべて顔に出ているのかも、とステラは両手で頬を覆う。

「やっぱり、その相手はラウールかな？　顔か、財力か……」

「う、運命……ですかね？」

ステラの中にあるタクミの魂が求めているのだ。それを痛いほど感じる。だから気になるし、どうしてもステラの視線はラウールに向いてしまう。

「ほぉ、運命ときたか。なかなかの理由だ」

参ったね、と言いながら手元の本を開いてページを捲っていく。もっと詮索《せんさく》されると思ってドキドキしていたが、フェリクスはすっかり魔法を教えるモードに戻っていた。

「さて、今夜は次の魔法の勉強で終わりにしよう」

フェリクスが本を開く。しかしまだ頭が混乱しているステラはぼんやりしたままだ。

「ステラ？　聞いてる？　もう眠いかな？」

「え、あ、いえ！　だ、大丈夫です！」

慌ててそう答え、ステラも気を取り直して勉強に取り組むのだった。


いつリコッタ村がドラゴンに襲われるのかわからない中、フェリクスとの魔法の勉強は続く。しかし教えてもらえるのは基本的なことばかりで、相変わらず強い攻撃や防御魔法は教えてくれない。業を煮やしたステラは、次の夜にフェリクスが来たら基本魔法はもういいと言ってみるつもりだ。

そして今日は絶対に村を守るための有効的な魔法を教えてほしいと頼むつもりだった。

しかし……。

「こんばんは。今日は風車小屋じゃなくて、その先の丘の上に行こうか」

今日は違う魔法を教えてくれるのだと思ったステラは、大きく頷いてフェリクスの馬に乗せてもらう。ラウールのときは前に跨がったが、フェリクスはステラを後ろに乗せた。

（誰かの後ろに乗るのは初めてだけど、しがみつくのはちょっと照れくさいもんな。それに子供じゃないし）

そう思ったステラは、遠慮がちにフェリクスの腰を掴んだ。

「それじゃあ、振り落とされるぞ」

フェリクスがそう言うなり、ステラの手を掴んで引っ張った。その勢いでステラはフェリクスの広い背中に頬をべったり押しつける格好になる。意外と体格のいいその胴回りに腕を回し、一人で顔を真っ赤にさせていた。

「これでよし。じゃあ出発」

フェリクスが馬の胴を蹴《け》って走り始める。確かに馬の後ろに乗ると、しっかりしがみつかないと落とされそうだ。前と後ろではこんなに違うのかと、ステラはフェリクスの服をぎゅっと掴んだのだった。

黒毛の馬は闇《やみ》に紛れて軽快に走る。丘の上までやってくると、フェリクスが馬を止めた。

「この辺でいいかな」

「こんな丘の上、なにもないですよ？　それにここは坂になっているから本も広げにくいですし……」

そう言いながら馬の背から下りると、ランプを持ったフェリクスが見晴らしのいい丘の草むらに座り込んだ。人気のない場所だから、もしかしたら魔法の実践でもするのかと思い、ステラはワクワクが抑えられなくなった。

「え？　今日は魔法の勉強じゃないよ。少しくらい息抜きも必要かと思って」

「……息抜き」

ステラはフェリクスの隣に腰を下ろした。夜の少し湿った風が丘の草を揺らす音が聞こえる。もうすっかり夏の風だ。ただの息抜きにわざわざ来たのかと、ステラはガックリと肩を落とした。

「ねえ、星が綺麗な夜だと思わないか？」

「え？　ああ、そうですね」

聞かれたステラは空を見上げ、気のない返事をする。雲のない日はいつだって星が出ていて、いつもと変わらない夜空だ。

「あの星を手の中にいっぱい集めて、ステラにあげると言ったら驚く？」

「……？」

意味がわからず首を傾げると、フェリクスがふふっと肩を揺らして笑った。彼は冗談を言っているのか、それとも本気なのかまったくわからない。

しかしステラの怪訝そうな顔を尻目に、フェリクスが夜空に手を伸ばしなにかの呪文を呟いた。すると空の星がゆっくりと一箇所に集まり始める。

「え？　星が動いてる？」

「◎§‖†※○△※×#……△○……」

再び呪文を唱えたとき、その星の光が手の中に集まってくるのが見えた。たちまち周囲は昼のように明るくなり、日の出と間違うほどだ。しかしあまりに明るい光に目を開けていられなくて、ステラは自分の腕で視界を遮る。

「もういいよ、調整したから」

そう言われて光を遮っていた腕を下ろすと、フェリクスの手の中にいくつもの光の粒が集まっていた。彼の手の中でその光の粒がふわふわと浮いていて、まるで現実の物とは思えなかった。

「すご……これ、なんですか？」

「星の魔法。空を見て」

ステラは言われるままに夜空を見上げる。そこにあるはずの星がごっそりなくなっていた。夢でも見ているのかと、もう一度フェリクスの手の中を覗き込んだ。

「これ、夜空の星……？」

「うん。俺の得意技。星を集めてその力を使ったりする。この力はいろいろ使えるんだ。誰かの剣に力を溜《た》めたり、魔法を増幅したり、ステラを驚かせたりできる」

冗談ぽくウインクをしてステラに笑いかけてくる。まさかこんな魔法を見せてもらえるとは思わなくて、ただひたすら目を丸くしてしまうばかりだ。

「フェリクスさんって……すごいんですね」

「え？　今頃？　ヴァルギス魔法協会でもかなり上位の魔道士なんだよ。もしかして、知らなかった？」

「あ～、はい。まったく」

すみません、と頭を掻きながら苦笑いをすると、フェリクスが呆《あき》れた顔をする。そして手の中の光を勢いよく空中にばら撒《ま》くと、光の粒はものすごい勢いで夜空に登っていく。星たちは元々あった場所で瞬くかと思いきや、フェリクスが空に向かって指を差し、スイスイと動かした。すると空に帰った星が並び、アルファベットが描かれる。

「ス・テ・ラ？　うわぁ……すごい。僕の名前だ……」

「びっくりした？」

「……はい。フェリクスさんってやっぱりすごいや」

惚《ほう》けた顔で夜空を見上げながら答えると、フェリクスがあはは、と声を上げ「すごいって、それ二回目だ」と笑った。

「そういうところ、好きだよ。ステラ」

「なんだか馬鹿にされたような気が……するんですが」

「まさか。本音だよ。俺、ステラのことが好きだよ。とてもね」

いつもの冗談交じりの言い方ではない。ステラはゆっくりとフェリクスの方を見やった。さっきまで昼のように明るかった二人の周りは、地面に置いたランプの明かりだけになっている。下から照らされるやさしい光の中にフェリクスの顔がぼんやりと見えた。

なにか言わなければと焦るが、どう答えていいのかわからない。何度も口を開くも、言葉が出てこなかった。ステラが気になっているのはラウールで、ずっと彼のことを考えている。しかしそれを今フェリクスにはどう伝えていいのかわからなかった。

最後にはフェリクスがステラの口の前に指を立て、言わなくていいよと教えてくれる。

「返事は今じゃなくていい。じっくり考えて。俺は、本気だからね」

「あ……はい」

そう返事をしたものの、この先どれだけ考えても、フェリクスを恋愛の意味で好きになることはないだろう。今ここで返事をした方がいいのではないか、とも考えたが、不安そうな顔をしているフェリクスを前に言えなかった。

二人はしばらく黙って夜空を眺めていたが、こちらに近づいてくる馬の足音に気づいて同じタイミングで振り返った。

「ラ、ラウールさん!?」

真っ白な馬に跨がったラウールがそこにいた。ステラもフェリクスも驚いてラウールを見つめる。

「どうしてこの場所がわかったんだろうね、ステラ」

フェリクスがそう言いながら、ランプを手に持って立ち上がった。ラウールが馬から下りてくる。そして「いい場所だな」と夜空を見上げて言った。

「ラウールさん、どうしてここに……？」

「そうだぞ、ラウール。ここはステラと俺だけの場所だ」

変な言い方をされて焦ったステラは慌てて立ち上がり、違うと訂正しようとしたのにさせてくれなかった。ステラの体をフェリクスが強引に引き寄せたのだ。

「お前が夜な夜な邸から出ていくと聞いてな、気になって見張っていた。そしたら、なぜかリコッタ村までやってきてステラに会っている。一体どういうことだ？」

「まさか、ラウール公爵ともあろうお方が、いち魔道士ごときの跡をつけてきたっていうのか？」

「そうだ。お前がそうやって、私の跡をつけてこの村の……ステラを見つけたようにな」

お互い様だ、と言わんばかりにラウールが口元に笑みを浮かべていた。その間にステラはフェリクスの腕の中からスルッと抜けて距離を取る。ラウールにフェリクスとのことを勘違いされたくない。

（ラウールさんがフェリクスさんの跡をつけてわざわざここまで来るなんて……信じられ

ないな）

　そんなにフェリクスの行動が気になったのかと考える反面、二人はどういう関係なのだろうとステラは思う。

「ステラはフェリクスに魔法を教わっているのか？」

　急にこちらへ話を振られてラウールと目が合った。

「は、はいっ。リコッタ村がドラゴンに襲われたときに、どうにかしてみんなや村を守りたくて……」

「そうか。私にも相談をしてくれればよかったのに」

　悲しげな表情を見せたラウールに、ステラの胸がグッと詰まる。別に内緒にしていたわけではなかったが、もしかしたら危険だからと止められるかも、と思っていた。

（魔法は素人には扱えないって、言われるかもしれないって思ったのは間違いない……）

「それで、様子を見に来たラウール様は、ここに居座る気なのか？」

「少しくらい話したっていいだろう？　最近はステラに会えないでいるんだから」

　昼間によくリコッタ村に来ていたラウールは、騎士団の仕事が忙しくて来られなくなっていたのは確かだ。その隙を狙《ねら》ったのかどうかはわからないが、ラウールが来なくなってからフェリクスが姿を見せ始めた。

（まさか、本当に狙ってた？　いや、狙うって……なにを……。まさか、僕？　なんてことはないか……）

一人でいろいろとグルグル考えていると、ラウールに腕をそっと掴まれた。座ろう、と誘われている。二人で草むらに腰を下ろす。ステラを挟んで左側にフェリクスが座った。

なんだかおかしな展開になってきて、ステラは微妙に緊張していた。

（これ、どういう状況？）

ラウールとは久しぶりに会ったのでいろいろ話したいが、フェリクスには攻撃魔法を教えてほしいと頼みたい気持ちもあった。三人の共通の話題はなんだろうと考えて、ステラは思いついた。

「あの、ラウールさんとフェリクスさんは、お知り合いなんですか？」

左右に座る二人を交互に見やって聞いてみた。これはステラも気になっていたところである。

「お知り合いというか、腐れ縁というか……」

フェリクスが笑い混じりに答えた。それを受けてラウールも口を開く。

「こいつはヴァルギス魔法協会の一員で、騎士団では第一部隊の担当だ。それで、戦争の際は私のアシストとしてついてくれているから、知り合い以上の間柄だな」

「知り合い以上の間柄、か。まあそうかもしれないな。俺の魔法でラウールの力も飛躍的に上がる。数年前のあの戦争のとき、お前すごかったじゃないか」

「ああ、リトワンの戦いか。確かにひどい戦争だったが、魔法協会のみんなが背中を守って、力を貸してくれたおかげで勝てたんだ」

ステラを挟んで、二人がなにやら楽しそうに昔話を始めた。リトワンの戦いはステラも知っている。アナトリアに戦争を仕掛けてきた北の国のシーリアン。豊かな土壌、様々な鉱石が採れる山が連なるのを狙われたのだ。そこで活躍したのがルシェフ騎士団とヴァルギス魔法協会の面々だった。どれほどの功績を収めたかは、この国のすべての国民が知っている。

「では、二人は戦友ということなんですね」

綺麗にまとめたところで、ラウールとフェリクスが同時に声を上げて笑った。

「ところで、私が出した手紙は届いたか？」

「あっ、そうでした。お手紙をくださったお礼を言おうと思ってたんです。わざわざ知らせてくださってありがとうございます。あと、お花も……素敵でした」

毎夜、香りを楽しんでいます、とはさすがに照れくさくて言えなかった。

「なんだ？　手紙？　お前たちは恋文も交わしているのか？」

フェリクスが怪訝な表情でステラとラウールを見やってくる。

「こ、恋文だなんて、そんな、そういうのじゃないですっ。だって手紙をいただいたのは一回だけで、僕はお返事を出してないですから」

「あれからしばらく、ステラからの手紙を待ってたんだが、返事が来なくて少し落ち込んでいた」

わざとらしく俯いてそう言うラウールに、ステラは焦ってしまう。

「えっ、あのっ！　それはえっと……」

単にラウールからのお知らせだと思っていたので、ステラは返事を書くというところまで気が回らなかった。それをそのまま説明しようかと悩んでいると、フェリクスがまた口を出してくる。

「その頃にはもう俺がステラを独り占めしてたからな。お前に手紙を書く余裕なんてなかったさ」

なんてことを言うのか！　とステラが目を見開いてフェリクスを見やる。してやったりという顔をして彼は笑っていた。そうじゃないんだ、と説明しようとラウールの方を見れば、彼はじっとりとした視線をフェリクスに向けている。

（ああああ！　もう！　どうすればいいんだ！）

二人の間で頭を抱え、もうなにも言うまいとステラは貝のように口を噤《つぐ》むのだった。

ラウールとフェリクス、そしてステラの三人が星空の下で微妙な空気になった次の日。

睡眠時間をあまり取れず、ステラが大あくびをしながら牛舎に向かっていると、数時間前に家へと帰ったはずのラウールが姿を見せた。一体どうしたのかと思ってステラは立ち止まる。

「おはよう、ステラ。数時間ぶりだね」

睡眠不足とは思えないほどのキラキラした眩しい笑顔を向けられ、ステラは一瞬だけ目眩《めまい》を覚える。

（こっちはほとんど眠れなかったのに、ラウールさんはなんであんなに爽やかな笑顔をしているのか……）

自分とは違う次元で生きているのでは、とそんなことまで考えてしまう。

「お、おはようございます……」

「昼間にここへ来るのは久しぶりだから、とてもうれしい」

ラウールはまたステラの仕事を手伝いたいと言い出すだろう。頻繁に来るようになってから、ラウールの作業服を事前に用意するようになっていた。

——領主様はどうしてうちの仕事を手伝ってくださるんかねぇ？

母親はことあるごとにそう言うようになり、今やもう口癖だ。

——初めは興味本位かと思ったが、なんでか頻繁においでになる。ステラ、お前なにか知ってるか？

父親もラウールの行動が読めず困惑していた。それはステラも同じだ。初めの頃は牛追いや農作業をしたことがない公爵だから、興味があってのことだと思っていた。しかし最近ではなにか違うような気がしている。そしていつかその理由を聞こうと思っていた。

「今日は、どうされたのですか？」

なにか違う用事で来たのかもしれないと思い、ステラはラウールにそう尋ねた。

「どうって、ステラを手伝いに」

ラウールが馬から下りて、近くの馬繋ぎに手綱を縛っている。服装はいつもと同じで、汚れたらまずいだろうという綺麗なものだった。

「そうなんですね」

少し驚いたステラだったが、それ以外の理由でラウールが尋ねてくることはないような気がする。

「それと、昨夜《ゆうべ》の詳細をフェリクス抜きで話したかったんだ。まさか、フェリクスは来てはいないだろうね？」

「えっ、あ、フェリクスさんは来ていません。まだ寝ているのかもしれませんね」

もしやそれが理由で来たのではないだろうか、とステラは勘ぐる。昨夜はとても気まずい空気のまま二人と別れた。ラウールとフェリクスは二人並んで街のある方へと走っていったが、きっと会話などなかっただろう。ステラはそんな気がしていた。

「そうか。ならよかった。ステラを手伝いつつ、少し話をしたいんだ」

「別に手伝いは、必要ないですよ。ラウールさんに作業をしてもらうのは、本当に申し訳ない気持ちで……」

「だが泥だらけになるのも楽しいからな。こういう仕事を他の連中はしたがらないだろう」

「周りの人はラウールさんがうちを手伝っていることをご存じなんですか？」

　ラウールに作業服一式を手渡しつつ聞いた。

「知ってるよ。いい加減やめろと言われているが、そんなのは知ったことではない。私のすることに口を出すなと、今日も言ってきた」

　着替えるよ、とステラの家の前にある木製ベンチに座り、いつものように周囲を気にもせず外で着替え始めた。

（公爵って感じがどんどん薄くなっていくなぁ。作業服姿のラウールさんはめちゃくちゃ上品な村人みたいだ）

　すっかり作業着姿になったラウールが、得意顔でこちらを見つめ、どうだと両手を広げて見せてくる。

「完璧です」

　これを言うのも何回目だろうか。こういうところがお茶目でかわいいなとステラは思う。

「それじゃ、行こうか」

寝不足なはずなのに、妙に元気なラウールとともに牛舎へ向かう。牛もすっかりラウールの顔を覚えていて、その顔を見るなり牛たちは外に出たがった。ラウールが柵を開けると待ってましたと飛び出していく。

「今日はルーもちゃんと出たな」

仲間たちと一緒に歩いていくルーを見送ったラウールが、慣れたようにピッチフォークを手に取った。

「フェリクスとはどのくらいの頻度で会っていたんだ？」

湿った藁をピッチフォークで集めながらラウールが聞いてくる。どうやら向き合って話すより、作業をしながらの方がいいと思ったのだろう。

「えっと……そうですね、三日に一度くらいですかね」

「かなり頻繁だな。フェリクスも暇なやつだ」

「でも、時間を作って魔法について教えてくださって、すごくありがたいなと思っています」

牛舎の半分くらいの湿った藁を集め、それを台車に乗せていく。

「ステラはどうしてそんなに魔法を覚えたかったんだ？」

そう聞かれて、ステラの手が止まった。どう説明するか悩んでしまう。

（リコッタ村が襲われるので……と言うのはおかしいよな）

少しだけ考えて、ステラはラウールの方を向く。

「リコッタ村がドラゴンに襲われたときに、なにかできるんじゃないかって……思ったんです。知り合いの住む隣村が襲われて……それで考えるようになりました」

こう言えば不自然な感じはしないだろう。そもそも本当のことだから違和感はないはずである。ステラの記憶の中の物語では、こんな会話をラウールとしていない。ずいぶん前から物語と違うことが起こっていて少し不安だった。

「なるほどな。それで魔法か。もし剣術を習いたいなら、私が教えるぞ。いざというときに役立つ」

牛舎の湿った藁を全部台車に乗せ終えたラウールが、ふう、とひと息ついてそう提案してくれた。しかしステラに剣が扱えるとは到底思えない。ピッチフォークならなんとか使えるが、しかし相手は藁だ。意思のない藁なら大丈夫だが、ドラゴンとなるとさすがに無理だろう。

「僕に剣術は……難しいかなと思って、それで魔法を教わり始めたんです。でも……」

ステラは口籠もる。一朝一夕で魔法が習得できるなんて思っていなかった。しかし想像以上に難しいことを知った。魔法学校がある理由を思い知ったのだ。

「でも、魔法もそう簡単に身につくものじゃなかったって、気づいたのか？」

「はい、その通りです。僕に魔法の素質はあるけど、それは人並みのレベルです。きっと剣は人並み以下だろうなって思ってます」

「やってみなければわからないさ。意外と向いているかもしれない」

「あはは。そんなことはないですよ」

自分の運動能力は自分が一番よくわかっている。魔法のセンスがあるかと聞かれれば、あります、とも言いがたいが。それでも魔法の方が使える可能性を感じているのは確かだ。

「私が、ステラと一緒にいる時間をもっとほしいから、剣術を教えたいと言ったら、習ってくれるか？」

ラウールに笑顔を向けたままステラは固まった。彼は一体どういう意味で言ったのだろうか。

（僕と一緒にいる時間が、ほしい……？　どう、して……？）

こちらを見る真剣な眼差しにドキッとして、ステラの笑顔が消えていく。ラウールが冗談で言ったのではないとわかった。

（勘違いしそうになるけど、きっと僕が思っているのとは、違うだろうな）

ステラはラウールが気になっている。しかしそれは男女の色恋と同じかと聞かれたら即答できない。きっとラウールも友人として一緒にいたいからと言ってくれているのだろう。

「で、でも……剣術は、本当に無理な気がするんです。ラウールさんのご期待には、添えないかもしれないです」

「そうか、残念だ。ならこうしてステラの仕事を手伝うことにする」

結局はここに来てステラと話すのは変わりないようで、ラウールに気に入られたことを心の中でうれしく思いながら、作業の続きに精を出すのだった。

第三章

ステラはいつものように、ラウールから送られた押し花の香りを楽しみ寝床についた。

それからどのくらい経ったのか、人の悲鳴が聞こえた気がして目が覚めた。

「なに？」

ステラは起き上がり、ベッドから下りてランプの明かりを灯《とも》す。それを摑《つか》んで部屋を出た。両親の寝室へ向かうと二人の姿がない。こんな真夜中にどこへ行ったのかと思っていると、家の外で再び悲鳴が聞こえてステラは振り返った。嫌な予感が胸に過《よぎ》り、慌てて玄関の扉を開けて外に出る。辺り一帯に木の焼ける臭《にお》いが立ちこめている。反射的に右腕で口を押さえた。真夜中だというのに、夜空が赤くなるほど小麦畑や村の家が燃えている。

「火事……っ!?　いや……違う、まさか！」

遠くの方でなにか大きなものが飛んでいる影が見えた。今日がその日だということに気づいて、ステラは両親の姿を探す。

「父さん！　母さん、どこ！」

声を張り上げても返事はない。家の外で悲鳴が聞こえたはずなのに誰《だれ》もいない。

物語の中ではこのドラゴンの襲来で両親が亡くなるのだ。ステラはなにもできずにここで両親を失う。だがそれがわかっているのだから、今から二人をステラが守ればいい。

（でもどうやって守れば⁉　攻撃や防御魔法はまだ教わってない。剣術だって……）

昨日のラウールの言葉を思い出す。

――もし剣術を習いたいなら、私が教えるぞ。

自分にはできないからと剣術を教わることを断った。だが習ったところできっと、それほど役には立たなかった気はしている。それでもステラは家を出てすぐのところに置いてある鉈《なた》を手に取った。わかっていた未来なのに、その手段を得られなかった。

「父さんと母さんは、どこだ……っ」

家の裏手に回ってみても、畑の付近にも姿が見えない。ステラの心臓はドクドクと嫌な音を立てていた。こうなることを回避したかったのに……と泣きそうになる。

それをわかっているのに止められないのか。真っ赤になった空をドラゴンが数匹飛んでいる。その口から人らしきものの足が見えてギョッとした。

村の共同井戸のある方へ向かうと、そこで数人の村人がピッチフォークを手に、村を守ろうとして数頭のドラゴンと戦っていた。だが人の何倍もある大きなドラゴンが三体もいて、敵《かな》うわけもない。

背中には骨張った翼を持ち、両手には鋭い爪《つめ》が光り、大きく開いた口の中には恐ろしいほどの牙《きば》がいくつも並んでいる。それを見たステラはゾッとしたが、今はドラゴンに怯《おび》えている場合ではない。

「父さんと母さんを、探さなきゃ……！」

ピッチフォークを持って戦っている中に両親の姿はない。立ち向かう大人たちは、ドラゴンの吐き出す炎や長い尻尾《しっぽ》であっという間に蹴散《けち》らされていく。

「どうしよう、どうしよう……そうだ、魔法、魔法を……魔法陣を……」

ステラは震えながら紙とインクを取りに自分の家に戻ってくる。今さら脅しの魔法など効果がないかもしれないが、なにもしないよりましだと思った。震える足でなんとか自宅まで帰ってくる。しかしそこにも新たなドラゴンが飛来しており、ステラの家は炎に包まれていた。

「グオオオオオ……」

ドラゴンの雄叫《おたけ》びが夜の空に響く。ステラにはなにもできない。目の前で牧草に火を噴くドラゴンが辺りを灼熱《しゃくねつ》に変えていく。

「そんな……そんなの、……いやだぁああああっ！」

なにもできない自分に絶望する。両親も見つけられず、家は焼かれた。このままリコッタ村は消滅するのだろうか。

ドラゴンはステラに気づいていない。もし後ろにいると気づかれれば攻撃を仕掛けてくるだろう。ステラは反射的に走り出し、家の裏手にある地下倉庫の扉を開けた。ここには野菜などが保存されている。地下は温度が一定なので保管庫として使っているのだ。

その保管庫に入り息を殺した。倉庫の中の一番隅で体を小さくして震えながら両耳を押さえる。村人が戦っていたドラゴンの牙を、鋭い爪を思い出す。それだけで歯の根が合わないほど、ガタガタと震えが止まらなくなった。

（僕にはなにもできない。誰も助けられない……父さんも母さんも、村のみんなも……。ピッチフォークを持って戦えばよかったの？　でもそんなの僕には、できない……）

どのくらいそうしていたのか、外の騒がしさがなくなり、いつの間にかシン……と静まりかえっていた。ステラは耳から手を放し倉庫の扉の方を窺《うかが》った。そして床を這《は》うようにして扉の前まで行くと、そっと耳を当てて外の音を聞く。

「静かだ……。もう終わった？」

ステラは怖々扉を押し上げて、その隙間《すきま》から外を覗《のぞ》く。木々の焼け焦げた臭いが鼻を突いた。顔を出して辺りの様子を見る。日が昇り、一面真っ黒の牧草地が見えた。パチパチと木の弾《はじ》けるような小さな音は聞こえるが、生き物がいるような気配はなかった。

ステラは保管庫から外に出て、その惨状を目の当たりにする。牛舎も焼かれ、牛や馬の姿はない。村の建物はすっかり焼かれてしまい、遠くまで見渡せるようになってしまっていた。

「みんな……どうなったのかな。ルー……」

そう呟《つぶや》いて思い出す。ドラゴンの襲来で生き残るのはステラだけだ。ここにきて大きな出来事が記憶の中の物語の通りになってしまった。愕然《がくぜん》としながらリコッタ村の惨状を見る。村の中央付近、共同井戸の辺りに数人の人影が見えてハッとした。

(もしかしたら生き残っている村の人?)

ステラのように隠れていた人がいたのかと思い、そちらに向かって走り出す。ステラの家は跡形もないほど焼かれている。その横を通り過ぎ、人がいる場所へ近づいた。

「ひどい惨状だな」

「火は消せたが、ここまで焼かれてしまうと再建は難しいだろう」

「村の人間は一人も残っていないのか……?」

「遺体は少し離れた場所に並べて、布をかけてあります。ほとんどが火事によるものかと」

「ここまで焼く必要はあるのか……? それ以外の人はどこへ行った……?」

「おそらくはドラゴンが……」

そこまで話した黒マントの男が振り返った。フェリクスだ。そして話していた相手はラウールだった。

「ステラ!」

煤《すす》だらけの真っ黒な顔と汚れた服のステラを見たラウールが、フェリクスを押しのけて近づいてきたかと思うと思い切り抱きしめられた。

「無事だったのか……ステラっ」

「ラ、ウールさん……」

呆然《ぼうぜん》としたままラウールに抱きつかれているステラは、フェリクスとラウールの会話をようやく理解し初めて大粒の涙を落とした。

「リコッタ村が……なにもなくなって……僕の、父さんと、母さんも、村の、人も……みんな……みんな……」

目の前の景色が歪《ゆが》み、喉《のど》の奥が苦しくなる。

奥歯を噛《か》みしめて、大声で叫び出しそうなのを我慢した。

それでも涙は止めることはできない。

「来るのが遅くなった。フェリクスの魔法で鎮火できたが、村の人は……助けられなかった。すまない……」

ラウールの苦しそうな声にステラはなにも言えなかった。こうなることを知っていたのに、止められなかった自分が情けない。ラウールが謝る必要など全くないのだ。

「僕は、知ってたんだ。わかってたのに、なにもできなかった。僕だけが生き残って……僕みたいななにもできない人間が、生き残った……」

視界の端に白い布がかけられた遺体がいくつも並んでいるのが見える。あの中にステラの両親も入っているかもしれない。

「父さん……母さん……」

ラウールの腕をゆっくりと外し、ステラは遺体のある方へとふらふらと歩いていく。目の前に来て嗅《か》いだことのない臭いに噎《む》せ返り、吐きそうになるのを必死に堪《こら》える。しゃがんだステラは布を取ろうと手を伸ばすが、それは横から伸びたラウールの手に掴まれて阻まれた。

「君のご両親はいなかった」

悲しみを含んだラウールの声に、布を掴もうとして伸ばした腕から力を抜いた。その場に座り込んで、ただ呆然と涙を落とす。ここにいないのなら、両親や他の村人はどこへ行ったのか。

煉瓦《れんが》造りの家は崩されているが形は残っている。その壁にはおびただしい量の鮮血が飛んでいた。ここで人々がどんな目に遭ったのかを思い知らされる。

ドラゴンが人を食べたのなら、その残骸《ざんがい》があってもいいものだが、なにひとつない不自然さに恐怖が増した。

「リコッタ村が襲われて、この国の村や町がこのまま潰《つぶ》されていくのをただ見ているだけなのは今日までだ。ステラ、私たちはドラゴンの島を攻撃する。そして二度とこんなことをさせないように、する」

ラウールの手がステラの肩に載せられる。一瞬だけビクッとしたが、ステラは右手の甲で涙を拭《ぬぐ》い、ラウールの方をゆっくりと見やった。

「僕も、一緒に行きます……」

ステラの言葉にラウールの瞳《ひとみ》が大きく見開かれる。物語の中のステラの気持ちが苦しいほどわかった。それに上乗せされるように、自分がこの事態を回避できなかった絶望まで襲いかかってくる。

（剣術が苦手なのに、ラウールたちと一緒に旅に出ると決意する気持ちがわかる）

ラウールが真剣な眼差《まなざ》しで、ステラの決意を探るように見つめてきた。危険だからダメだと言われても食い下がってついていくつもりだ。

「スレイル港から船でベロリア島に向かう。長旅だし危険を伴う。そんなところにステラを連れていけない」

「それでも、僕は行かなくちゃダメなんです。友人を失って、両親もいなくなって、リコッタ村がなくなり……その村の人たちも、みんないなくなった……僕はなにもしないで逃げたんです。地下の保管庫に隠れて、なにもしなかったんです……」

グッと奥歯を嚙みしめる。この村の生き残りはステラだけ。その現実が両肩にドッとのしかかった。しかし逃げてはいけないのだと、そのこともわかっていた。

「ステラ、それでよかったんだ。逃げてよかった。君にはドラゴンを倒す術《すべ》はなかった。だから……」

「……だから、フェリクスさんに魔法を教わってたんです！　でも、遅すぎた……それに魔法を使う才能もなかった」

ステラは地面についた手を握り拳《こぶし》に変えて見つめる。その拳は震えていた。ラウールがステラの手にそっと触れてくる。顔を上げて彼を見ると、まるでステラを慰めるような瞳だった。

「才能がなくても、上達が遅くても、僕は両親を殺した仇《あだ》を討たなければいけないんです。ラウールさん……僕に剣術を教えてください……」

両親の遺体もなにもない。行方不明だが、生きているという確証が低いのはわかっていた。だから、両親や村のみんなの仇を討つのはステラしかいない。どんなに断られても食い下がる気でいた。

「ステラ……」

「お願いします」

ステラの手を握っているラウールの手の上から、ステラは空いている方の手を載せて握りしめた。

「決意は固そうだな」

側《そば》にやってきたフェリクスが、ラウールの肩に手を置いて言う。それを聞いたラウールは「わかった」と少し諦《あきら》めたような口調で了承してくれた。

「……ありがとうございます」

旅の準備をしなければと思ったが、ステラの家は炭になった。なにもない。旅の準備すらできないのかと思うと笑えてくる。

「どうした？　なぜ笑っているんだ？」

無意識に微笑《ほほえ》んでいたのをラウールに見られ、そう聞かれる。

「旅に同行させてもらえるのがうれしいのに、僕の家は炭になっちゃって、その準備もできないんだなと思ったんです。それなのに一緒に行くと言った自分が滑稽《こっけい》で……」

「バカだな。そんな準備くらい私がいくらでも援助するよ。心配しなくていい」

ラウールに腕を摑まれ、ステラはようやく立ち上がった。

「さあ行こう」

ラウールに促されてステラは歩き出す。美しく長閑《のどか》なリコッタ村は、今はなんの音もなく呼吸の音すら聞こえない。無残な姿になった村を脳裏に焼きつけ、ステラはドラゴンに対する煮えるような怒りを胸に納めた。

ラウールの計らいで、ステラの旅支度はすぐに整えられた。動きやすいズボンに膝《ひざ》まであるしなやかな革のブーツ。これまで身につけたことのないものばかりが揃《そろ》えられた。ショルダーアーマー、ヒップアーマー、黒い革のベストはステラの体をギュッと締めつける。ウエストベルトには剣を差せるようになっていた。見た目は見習い剣士のようである。

「これが僕……」

「うん、らしくなったな」

ラウール邸でステラは姿見の前に立っていた。普通の戦闘準備はラウールも騎士団の宿舎などで行うそうなのだが、今回はステラを連れていくという例外ができたため、特別に邸《やしき》で準備をしてもらっていた。

「ここに……剣を差すんですか？」

「そうだ。これがホルダー。今はなにもないけど、真剣を差したら重いから驚くだろうな」

「そう、ですね……」

本当に自分に剣が操れるのか、と今頃になって不安になる。しかしやると決めた以上、もう後戻りはできない。ステラに戻る場所はもうないのだから。

「よし、これからステラにも扱えそうな剣を見に行こう」

「……はい」

準備を整えたラウールとステラは、邸の一番奥にある部屋にやってきた。そこには様々な武器が収納されていたのである。煉瓦造りの壁に長い剣や槍《やり》、大斧《おおおの》など、ステラがこれまで一度も目にしたことのないものばかりだ。

「これ全部、ラウールさんが使うんですか?」

「まさか。これは有事のための備えだ。どこの邸にもこれくらいの備えはある。騎士団の武器庫が壊滅的になったら、この国の防衛もできなくなるからね。だからこうして武器庫はそれぞれの邸に備えられている。よし、これがいいだろう」

説明をしながら壁にかけられてある剣を見ていたラウールが、足を止めて一本の長剣を手に取った。細かな彫刻が施された美しいシルバーの鞘《さや》に収まっている剣だ。

「ステラの身長なら、この長さでいいだろう。軽すぎず、適度な重さがある方が剣は扱いやすい。持ってみるか?」

振り返ったラウールにそう言われ、ステラは無言で頷《うなず》いた。目の前に差し出される剣。それを両手で受け取ると、想像していた以上の重さに両腕が下がる。

「わ、重いですね……」

「持ったことがなければそう感じるだろうな。でもピッチフォークといい勝負なんじゃないか?」

「そう言われれば、そうかもしれないです」

剣が重いと感じたのは、きっと自分の責任の重さも入っているのだとステラは思う。仇を討てるのは自分しかいないという重責だ。

（父さん、母さん……絶対にドラゴンを倒すよ。僕の命に代えても……）

ステラは改めて自分の心に誓いを立てる。剣のグリップを握ってゆっくりと引く。

「慎重に扱え。ステラは真剣には慣れていないだろう」

「はい……」

鞘から出てきたブレイドは磨き上げられている。まるで鏡のようにステラの顔を映した。ガード部分には美しいユリの花の模様が入っており、完全に芸術作品だと思った。

少し眺めたステラは剣を鞘に収め、ふう、と息をついた。真剣を手にするのは予想以上に緊張するようだ。

「あの、練習は……その、初めは木刀でお願いします……」

この剣を使っての練習はまだまだできる自信がない。そう思って言えば、ラウールが「ふふっ」と笑った。

「当たり前だ。剣を持ったことのない人間に、練習で真剣など使わせない。初めはもちろん木刀。でも旅の道中で剣を習うとするなら、かなりの短期間だ。練習のとき以外は真剣を腰に下げて、その重さや感触に慣れておいた方がいい」

ステラの手から剣を取り、それを腰のホルダーに収納してくれる。左側にグッと剣の重さがかかった。ホルダーの上から剣を撫《な》で、この感触に早く慣れなくてはと思う。

するとラウールがステラの右手を取り、手の平を広げてきた。まじまじと手の平を見つめて親指で撫でる。くすぐったくて手を引こうとした。

「働いている者の手だな。これが剣を持つ手に変わる。ここと、ここに……コブができるぞ」

ラウールに指の付け根を撫でられてドキッとする。思わず視線を上げると、彼は意味深な表情でこちらを見つめていた。

（ラウールさんってときどきこういう表情で僕のことを見るんだ。そうしたら、胸の辺りがざわついて……どうしようもなく切なくなる）

ステラがなにかを言おうとしたとき、パッと手を放され「行くぞ」とその場から踵《きびす》を返してしまった。タイミングを逃したステラは、言葉を飲み込んでラウールについていく。

邸の外に出たとき、準備の整った一個小隊が二人を待っていた。

「待ちかねたぞ。ラウール」

すっかり準備の整ったフェリクスが、両手を腰に当ててそれはそれは偉そうに言ってくる。しかしラウールは全く気にもせず「待たせたな」とひとこと置いて、フェリクスの肩をポンと叩《たた》いただけだった。

（仲がいいのか悪いのかわからないけど、二人はとても強い絆《きずな》で結ばれているんだ）

そんな相手がいることが羨《うらや》ましかった。ステラにも友人と呼べる人は何人もいたが、二人のように絆で結ばれているような相手はいない。

「ステラ、行くぞ」

白い馬の前でラウールが手を伸ばしている。どうやらステラはラウールと二人乗りで行くらしい。馬には一人で乗れるのに、と思いつつステラはこちらに伸ばされた手を取った。前と同じように乗馬し、ステラの後ろにラウールが跨《また》がる。背中に感じる彼の温《ぬく》もりに緊張した。それはここにいるフェリクスや他の兵士が見ているのもあったからだ。

（きっと、ラウールさんが馬に乗せたこの男は誰なんだ？　ってそう思われてるんだろうな。フェリクスさんは知っているにしても、他の人は知らないだろうし。そんな視線がめちゃくちゃ刺さる……）

ステラのことをおそらく細かくは説明はしていないだろう。そうでなければ、ステラを怪訝《けげん》な視線で見はしないはずだ。だがフェリクスもラウールも、部下のそんな視線など全く気にしていない様子だった。

討伐にあたる隊はおよそ八十人ほどで、先頭はステラを乗せたラウール。そしてその後ろにフェリクス。他の兵は歩きと馬車が三台だ。街の中を一行が進むと、街の人々が道を空け、そしてとても不安げな顔でこちらを見つめてくる。しかし一行がドラゴン退治に行くと知った人々が、次々と声を上げ始めた。

「ラウール様！　ご健闘をお祈りします！」

「ドラゴンをぶっ倒せ！」

「ルシェフ騎士団、みんな頑張って〜！」

人々が声援をくれる。それほどドラゴンの襲来が人々に恐怖や不安を与えているのだろう。駆逐しにいくとわかってからの期待に満ちた声援は、ますます大きくなっていった。

（みんなこんなにも応援してくれるんだ。そうだよな。いつ自分の街が襲われるかわからないんだし。不安だよな）

ステラは街の人々の顔を絶対に忘れないと思った。そして記憶の中のドラゴン討伐がこの先どうなるかを考える。物語と違う出来事があったり、かと思えば、ステラの知っている通りリコッタ村が襲われて両親が行方不明になったりした。このドラゴン討伐は成功するはずだ。しかし、これまでのことを考えると、その通りになるのかは確証が持てない。

（このあとは……どうなるんだったかな）

細かい部分の展開が思い出せない。確かに前世の自分が書いた話なのに、肝心なときに詳細が浮かんでこなかった。

「どうした？　やけにおとなしいな」

なにかを察したのか、後ろからラウールに声をかけられる。

「あ、その……街のみなさんも不安なんだって思うと、足手まといにならないか心配で

「大丈夫だ。街を抜けて、野営の場所を見つけたらすぐに剣の練習を始める。ぼんやりなんてしている時間はないさ」

楽しそうなラウールの声に、ステラの不安はさらに膨らむのだった。

アナトリアのスレイル港へは馬を走らせれば半日ほどで着くが、今回、馬に乗っているのはステラたちとフェリクス、他に二人ほどだ。残りの兵はみな歩きなので、途中で野営をすることになっている。

他のみんなも馬に乗ればいいのにとステラが呟くと、それは無理なんだよ、とラウールに言われた。

――港に着いてみんな馬を下りて船に乗る。そのとき、馬たちは乗船できないだろう？　馬は港で預かってもらうんだ。頭数が多いと大変だからね。

そう言われてなるほどと思った。ステラはアナトリアのあるセイルベース大陸から外に出たことはない。船に乗るのも今回が初めてだ。スレイル港を訪れたのも、ステラがまだ小さかった頃だ。大人になってからは一度もない。

(子供の頃に行ったって聞いたことはあるけど、覚えてないしなぁ。港、ちょっと楽しみだ)

リコッタ村から出て街へ野菜を売りに行く以外、遠出はしない。だからこのとき、初めての港や船、そして初めての旅に多少なりとも浮ついていた。しかし野営地に着いて、剣の訓練が始まったとき、自分の考えの甘さに気づいたのである。

野営地はリングラン草原の一角に張られた。みな各々自分の仕事をしている。テントを設営する人、炊き出しを担当する人、馬の手入れや世話をする人。

しかしステラはそんな仕事を一切せず、ただ木刀を握ってラウールと向かい合って訓練をしていたのだ。

「剣がぶつかった衝撃で落とさないよう、木刀をしっかり握れ。行くぞ」

ラウールの木刀がステラの木刀を殴りつける。衝撃は手を伝わって腕までも痺《しび》れさせた。一撃で木刀を落とすわけにはいかない。両手で握り、勢いと衝撃を受け止める。

「せいっ！　はっ！」

「うわ！　ひっ！」

木刀で打ち合うたびに、ステラの口から小さく悲鳴が上がる。ラウールの気迫も遊びではないと感じるからだ。じりじりと後ろへ下がっていく。そしてステラの踵《かかと》が拳ほどの石にぶつかったとき、そのタイミングでラウールの打撃を受けてしまった。

「うわわわっ！」

足を取られ、そのまま後ろへ尻《しり》もちをついてしまう。手に持っていた木刀は、ポーンとどこかへ飛んでいった。

「いててて……」

思いのほか強く尻をぶつけた。庇《かば》おうとしてついた左の手の平もヒリヒリしている。すると近づいてきたラウールが手を伸ばしてきた。

「大丈夫か？」

差し出された手を取ってステラは立ち上がり、尻の土をパンパンと叩き落とす。

「たとえ転んでも、剣だけは手から離すんじゃゃない」

飛んでいった木刀を拾い上げてステラに渡してくれた。右手でそれを摑むと、親指の根元が木刀で擦《こす》れて皮が捲《めく》れていることに気づく。たった一回の練習で豆ができて、それが潰れたのだ。

「その手を先に治療しよう」

ラウールに手の傷が見つかってしまい気遣われる。きっと騎士団の兵士たちに訓練するときは、こんなに甘くはないだろう。手に豆ができたくらいで練習を中断などしないはずだ。

「いえ、大丈夫です。このくらい、ピッチフォークを扱ってたときにもできたので」

「そうか。だがそれでは手に力が入らなくなり、痛みで手を庇うだろう。そうしたら変な癖がついて上達が遅くなる。だからちゃんと治療を受けてほしい」

とても真っ当な理由で説得されて、ステラは頷くことしかできなかった。薬をつけて包帯を巻く。そんな治療を想像していたステラだったが、予想の上の上をいっていた。
ステラの手の怪我《けが》を見てほしいとラウールに呼ばれたのはフェリクスだ。
「なになに？　ああ、豆が潰れたんだな。任せて。このくらいならすぐさ」
ステラの手の潰れた豆を見たフェリクスが、地面に手をかざしなにかを呟いた。すると
ステラの足元に小さな魔法陣が浮き上がり、それが白く淡い光を放ちながらステラの手の
下で止まる。傷口の上に手をかざしたフェリクスが再び呪文《じゅもん》を口にした。
「キアリー、ホリーク……」
するとステラの傷口が温かい光に包まれ眩《まぶ》しく輝いた。その光はすぐに小さくなり消え
ていく。ステラの手の下に浮かんでいた魔法陣も同時に消えていた。
「はい、おしまい」
「えっ、もう終わりなんですか？」
「うん。ほら、もう痛くないでしょ？」
そう言われて自分の手を見やった。皮が捲れて赤くなってズキズキしていた傷がなくな
っている。違和感もなにもなく、跡すら残っていなかった。
「えっ……き、傷がない！　うわぁ、すごい……」
ステラは手の平と甲を交互に見やった。さっき尻もちをついたときにできた擦り傷もな
くなっている。

「このくらい朝飯前だ。傷が浅いし小さいからな」

ドヤ顔でそう言っているフェリクスの肩を、ラウールが軽く突いた。

「そんなことをステラに自慢するな。みっともないぞ」

「な、なんだよラウール。そんな言い方ないだろう？　お前の傷だってたくさん治してやっただろうが」

拗《す》ねたような口調でフェリクスが言い返すと、そのフェリクスを押しのけてラウールが前にやってくる。

「よし、練習再開だ」

「は、はい！」

その日、陽が沈むまで練習は続いた。辺りが暗くなり、食事の準備ができたと兵士が伝えに来たとき、ステラは息を切らせて地面に寝転がり起き上がれなくなっていた。

「もう、起き上がれない……です」

「よく頑張ったが、これはまだまだ基本の手前だ」

ラウールからそう聞かされて、自分の選んだ道の険しさに声を失った。しかし自分で決めたことだから、つらいとかきついとか、もう辞めたい、なんて弱音は絶対に口にしないと決めている。

「立てるか？」

自分で起き上がるのはとても無理だったから、ラウールが伸ばした手を遠慮なく掴んだ。

「ありがとうございます……」

立ち上がって見たラウールの顔は涼しげで、同じ時間だけトレーニングに付き合っていたようには見えなかった。

「きついか？」

（やっぱりラウールさんはすごいや。僕なんてずっとへっぴり腰が直らないし、三回に一回は木刀を落としてたし……）

きついか？　と聞かれて素直には答えられなかった。ステラはきゅっと唇を引き締めて「大丈夫です」と答える。

「そういう強情なところ、嫌いじゃない」

ラウールの手がステラの汗で湿った髪をくしゃっとする。

「さあ夕飯だ」

二人は準備された簡易的なテーブルに着く。そこには野営飯とは思えないような料理が並んでいる。驚きながらそれを見つめた。

オニオンと豆のスープ、ふわふわの白いパン。チキンとベーコンの塩焼きだ。ステラの家で出される料理よりも豪華な気がする。普段は肉が食卓に上がることはなかった。

そこまで考えて、もう自分には料理を作ってくれる母親も、空想ばかりするなと小言を言う父親もいないことを思い出す。一気に気分が沈んでいき、込み上げる感情を奥歯を噛んで我慢する。

食事の前の祈りが行われ、一同が食事を始めた。一日中歩いていた兵士たちは腹ぺこなのか、がっつくように食べている。

「ステラ？　食べないのか？」

「あ……はい、いただきます」

俯《うつむ》いたステラは小さく頷きながら答える。兵士たちは陽気で、雑談をしながら食事を楽しんでいた。そんな中で兵士でも貴族でもない自分だけが妙に浮いていて、異質な気がしてしかたがなかった。

食事を終えてステラ一人のテントに案内される。他の兵士は五人から八人の大きなテントの中で雑魚寝《ざこね》をするのに、自分だけが特別扱いをされているようで気が引ける。

テントの中で横になったが、疲れているのに眠られない。ステラはテントから外に出て近くの大きな岩に登って座る。

ここでも星空は美しく、リコッタ村で見た夜空となにも変わらない。変わってしまったのはリコッタ村で、もうあの頃の村はない。

夜空を見上げながらステラは考える。この涙は今日で終わりにしようと決めた。どれだけ涙を流しても、両親も村も帰ってはこないのだ。そう思ってステラは一人で泣いたのだった。

翌日、一行はスレイル港に向かうため早朝に出発した。ステラは少し寝不足だったが、全身が筋肉痛なこと以外は元気だ。馬が一歩一歩進むたびに体中が痛かったが、ステラは歯を食いしばって我慢した。

港に到着すると、想像していたよりも大きな船が待っていて、ステラはその光景に驚いて声も出なかった。

「こんなに大きな船で、行くんですね……」

「そうだな。人数が多いから船も大きいさ」

スレイル港は活気にあふれていた。屈強な男たちが木箱に入った魚を荷台に積み込んだり、旅客船に人が乗り込んだりしている。人が集まるところには露店が立つ。船で食べれるようにとパンにタレのついた鶏肉を挟んだパッニータや果物、それらを絞ったジュースなども売っている。

「まるで朝市みたいに賑《にぎ》やかですね」

「そうだな、この港はいつも活気がある。これがアナトリア王国のいいところだ」

馬から下りた一行は、乗船の準備に取りかかる。数頭の馬は馬宿に預けられ、再び一行が帰ってくるのをそこで待つ。兵士たちが馬車から荷物を担いで船の中へと積み込みを始めた。ほとんどが食料で、樽《たる》に入っているのは水だ。

「あの、僕も手伝った方がいいと思うんですけど」

ただ見ているだけなのは忍びなく、ラウールにそう提案する。するとなにかを思いついたような顔をしてこちらを見下ろしてきた。

「そうだな、ならステラはステラの仕事をしようか」

手渡してきたのはなんと木刀である。ほんの少しの待ち時間に特訓しようというのだ。予想外のことに驚いた顔のままで固まった。冗談かと思っていたが、どうやらそうではなかったらしい。

馬宿の裏の広場まで移動したステラたちは、そこで剣の練習を始める。体はまだ筋肉痛でギシギシだが、練習時間がないのだから、一分一秒も無駄にできない。

「よし、構え」

ラウールの言葉に、教えてもらった剣の構えをする。右手が前、左手が臍《へそ》の前に来るように持ち、利き足を半歩前に出す。切っ先は必ず倒したい相手に向け目を逸《そ》らさない。

「構えは板についてきたな。剣術など無理だと言っていた頃のステラとは大違いだ」

「僕には、もうこれしかないんです」

ステラが真剣な顔でラウールに言うと、笑みを浮かべていた彼の口元からそれが消えた。

そしてステラと同じように真剣な面持ちになって木刀を構える。初めに斬《き》りかかったのはステラの方だった。どちらから、と決まっているわけではないが、自分のタイミングや相手の動き、隙を読んで先攻した。

カン！　と辺りに木刀のぶつかり合う音が聞こえる。切り込んだステラの剣をラウールが身を引きながら力を逃がすように往《い》なして受けた。もうひと太刀《たち》浴びせようと木刀を振り上げる。

「やーっ！」

振り上げた木刀を下ろす。しかしラウールの木刀がステラの木刀の威力を左に逃がし、逆に弾かれて木刀を飛ばされそうになった。

「わっ！」

それに振り回され、筋肉痛で足に力が入らないステラは左によろける。

「足に力が入らないようだな。昨夜《ゆうべ》の練習疲れか？」

「そ、そんなことないです……転んでないでしょう？　大丈夫です」

ステラは再び木刀を構える。こうして少しの待ち時間の間、ずっとラウールと練習を続けたのだった。

ステラたちの乗る船の名前は、リターズン号。貨物船や旅客船ではなく軍艦だ。ドラゴンとの戦闘になることを考慮したアナトリア王国の指示で作られた戦艦である。

「大砲があるんですね。うわぁ、大きい」

船に乗り込んだステラは、甲板に設置されてある大きな大砲二基を見て声を上げた。家で面倒を見ていたルーより何倍もある大きさである。それに触ろうとしたときだった。

「お嬢ちゃんが乗船するのかい？」

野太い声が聞こえてステラは手を止めた。ラウールと同時に振り返ると、そこには恰幅《かっぷく》のいいひげ面の男性が立っていた。頭には特徴的な帽子を被《かぶ》り、口にはパイプ煙草《たばこ》をくわえている。ステラの倍くらいはあろうかという大男に息を呑《の》んだ。

「客船でもない船に女を乗せると、縁起が悪いんだ。そこのお嬢ちゃんは乗せられないな」

その男が再びステラを見てそう言うので、自分が女性と間違われているのだとようやく気づいた。

「あのっ……」

「彼は男性だ。ドギアス船長」

さらっと笑顔でラウールが答えてくれた。それを聞いたドギアスが、は？　という顔でステラを見てくる。ずかずかと近づいてきたかと思うと、体を折り曲げて至近距離まで顔を寄せてきた。

「男だと？　これが、男だってのか？」

目をまん丸にしてドギアスが言い、ラウールの方を振り返った。ラウールはというと、無言で笑みを浮かべたまま頷いている。

「これは失礼。あまりにこう、美しい顔をしているから、女かと思ったんだ。ほぅ、そうか、男なのか……」

まだ信じられない様子のドギアスが、自分の顎《あご》ひげを撫でながらステラを見つめていた。

「あの、僕はステラ・オークレンといいます。よ、よろしくお願いします」

笑顔を引き攣《つ》らせながら挨拶《あいさつ》をすると、ドギアスが満面の笑みを浮かべた。そしてステラの手を取って、強制的に握手をしてきたのである。

「おうおう、よろしくな。男なのにこんな綺麗《きれい》どころを連れてくるなんて、やるねえラウールさんよ」

ニヤッとしてラウールを見ているのに、握手の手を放してはくれない。

(手の骨が、砕けそうな強さ！)

ドギアスの握力の強さにステラの笑顔はさらに引き攣るのだった。

「そろそろ手を放してやってくれないか、ドギアス船長」

ラウールの笑顔が少し怖い。彼がドギアスとの握手を強引に解き、ステラを自分の背後に隠すように立った。

「それに、ステラは兵士要員なんです。船長の言う綺麗どころではないのであしからず」

そう言ったラウールがドギアスの返事を聞く前に、ステラの手を掴んで歩き出した。どういうことなのかがさっぱりわからなくて、きょとんとした顔のまま連れていかれる。

「あのっ、ラウールさん？」

船上では船員たちが慌ただしく出港の準備を進めていた。その人々の視線を浴びながら、船首の方まで来てようやく手を放される。

「この船には、我々以外に船員たちがたくさんいる。船長もそうだが、荒っぽい連中が多いから、ステラは特に気をつけてほしい」

「船員さんたちは、危ない人なんですか？」

純粋な気持ちで聞いているのに、なぜかラウールは驚いた表情のまま固まっている。そしてその顔がフッと緩んで笑みが零《こぼ》れた。

「え、どうして、笑うんですか？　僕、なにか変なことを言ったでしょうか？」

「いや、その、ステラは本当に綺麗だなと思って」

「え？　ぼ、僕が綺麗？　いやでも、僕は男ですし……」

「うんうん、そうだな。でもこの世の中には綺麗な男が好きな男もいるんだ。だから船の上では用心してほしい。それに、綺麗なのはステラの顔だけじゃないから。ここも、すっごく純粋だ」

ステラの胸の辺りにそっと手を当てて、ラウールがやさしい表情でそう言ってくる。妙な照れくささでステラの頬《ほお》が熱くなった。

（綺麗だとか純粋だとか、ラウールさんってどうしてそんなことを、僕に言うの？　すごく、やさしい顔で……）

どう返事をしていいのかわからず、ステラはゆっくりと下を向いてしまった。そのとき周囲からヒュー！　と口笛が飛んだ。その方を見れば、船員が太いロープを肩に担いだままこちらをニヤニヤしながら見ていた。ステラはさすがに冷やかされたのだと気づく。

「ラ、ラウールさん、その、僕らが生活する場所は……えっと寝る場所はどこですか？ここは、みなさんの邪魔になると思うので……」

「そうだな、案内しよう」

ステラがなにかに気づいたことを察したラウールが、船内に入る扉の方へ歩いていく。周囲の視線を痛いほど全身に浴びながら、ステラは船内へと入るのだった。

船内は狭く、通路は大柄な男とすれ違うだけで一苦労だ。甲板から入ってすぐのエリアは大砲が口を外に突き出した状態で並んでいる。近くには大砲の弾が積み上げられており、戦闘時はこの場所が慌ただしくなることだろう。

そこから一層下へ下りると、たくさんのハンモックが吊《つ》るされている場所に出る。どうやらここがステラたちの寝床のようだ。

「僕、ハンモックで寝るのは初めてです。ラウールさんは寝たことがありますか？」

「あるよ。内陸の戦争も経験したが、海上の戦争も経験している。このハンモックは乗るのに少しコツがいるんだ」

目の前でラウールがハンモックに乗るのを見せてくれる。縄で編まれたハンモックを斜めにしたかと思えば、その上で体を反転させて上手に乗った。

「じゃあ、僕も」

見よう見まねでハンモックを引き寄せ、同じように体を乗せようとしたのだが……。

「う、う、うわっ！」

ドスンと床にひっくり返った。体重を向こう側にかけすぎたのか、ハンモックが一回転し、ステラの体も回転して床に叩きつけられた。

「いたたたた……案外難しいんですね」

「だからコツがいると言っただろう？　大丈夫か？　寝るときは私が助けてやろうか？」

なんだか子供扱いされているようで悔しくなり、クスクス笑うのに少し腹を立て「いえ、一人でなんとかします」とラウールの好意を突っぱねる。

「船が出港したら、今は騒がしい甲板も静かになるだろう。そうしたらまた練習だ。いいな？」

「はい、もちろんです。出港までは船の中を探検してもいいですか？」

「構わないが、自分の身は自分で……」

「守れます」

ラウールの言葉を先取りして言い放ち、ステラは近くにある下へ向かうハシゴを下りていく。下の階は船員たちの寝床のようだ。今は誰の姿もない。甲板でみな仕事をしているのだろう。ステラはハシゴで下へとさらに移動する。一体どこまであるのだろう、とその興味は尽きない。

木製のハシゴをギシギシと音を立てながら下りていくと、いい匂《にお》いが漂ってきてそれを思い切り吸い込んだ。

（これ、鶏スープの香りだ）

他にもパンの焼ける香りも混じり、ステラの下り立った階がキッチンエリアなのだとわかった。そこには数名の男たちが忙しそうに動き回っている。ハシゴを下りてきたステラを見て、不思議そうな視線を送ってくるが、誰も声をかける余裕はなさそうだった。

ステラはさらにハシゴを下りていく。今度はたくさんの食材の入った袋や樽が積まれている場所に出た。チーズや小麦粉、野菜の入った樽などがぎっしり積み上げられてある。

（大人数が乗るんだもんな。このくらいは必要なんだろう。それにしてもすごい量だ。まるで朝市みたい）

感心しながらステラはさらに下へと移動する。ハシゴはここで終わりだ。どうやら船底のようだ。ここにもたくさんの樽が並んでいる。中身は酒か水のどちらかだろう。船倉には船を安定させるために、バラストとして水や弾薬、食料や飲料などが積まれているとラウールに教えてもらった。この中には弾薬もたくさん入っている樽もあるのだろうか。

「こんなに大きな船で行くのかぁ。なんだか夢みたいだな」

ステラは一人で呟いて、船旅を楽しんでいる自分に気がついた。しかしハシゴを上がろうとしたとき、脳裏にある記憶が蘇《よみがえ》る。それはこの船がベロリア島に向かう途中で大嵐《おおあらし》に遭遇し、たくさんの人が海に投げ出されてしまう記憶だ。誰が海に落ちるのかはわからない。だが、嵐に遭うのは間違いないのだ。

(どうしよう。この船に乗っている人がたくさん亡くなる。どうすれば、防げるんだろう)

ステラに航路なんてわからない。馬を操って障害物を避けるような簡単なことでもない。ラウールにこのことを伝えようか、それとも船長の方がいいのか。いろいろ考えたが、なにをどう伝えればいいのか思いつかなかった。

(言ったところで、きっと誰も信じてはくれないだろうな)

またしてもステラにはどうすることもできない試練がやってくる。それを見ているだけという惨《むご》い仕打ちに耐えねばならない。

ハシゴを一番上まで上り甲板に出る。船上の空を突き破るかというほどの高いマストを見上げた。これに帆が張られると、風を受けてこの巨大な船もスピードを上げて進むのだからすごいと思う。

そのマストの下辺りで、ラウールが船長のドギアスとなにやら真剣な顔で話し込んでいるようだ。

ステラは不安を胸にしまい込んで、船の側面に向かう。そこは比較的人の行き来が少なく、ステラ一人くらいなら邪魔にならなそうだ。手すりに腕を乗せ、心の中で自分の無力さを思いながら活気づいているスレイル港を眺める。

するとどこからかカンカンカンと鐘の音が聞こえ、船員たちがさらに慌ただしくなる。船の後方でかけ声が聞こえ、何事かとステラも見に行く。

「碇《いかり》を上げろ～！」

船への荷物の積み込みが終わり、碇が上げられるようだ。ステラの胴体ほどの太いロープを、何人もの男たちが引いていた。ロープの先が太い鎖に変わると、ドンと船が揺れるほどの振動が足元から伝わってくる。碇が船体の横につけられたらしい。ロープは係船柱にかけられしっかりと止められた。

「ステラ、ここにいたのか。もう出港だ」

ラウールがやってきて、すぐ上の帆を見上げた。ステラも釣られて上を向く。すると帆を吊るしているトップスルから大きくて真っ白な帆が下ろされていく。これまで止まっていた船が、ギギギギ……と軋《きし》む音を立てて動き出した。

「取り舵《かじ》いっぱーい！」

ドギアスの声が響き渡った。船は左の方へと舵を取り、風の力を受けてスピードを上げ始める。ステラは船の手すりに摑まり港を見下ろす。活気のある港からどんどん離れていき、頰に当たる海風が冷たく変わったことにどことなく寂しさを覚えた。

「ラウールさん……。あの、もしも、航海の最中に大きな嵐に巻き込まれたら、この船はどうなりますか？」

「ん？　嵐か。航海にはつきものだからな。でも大丈夫だ。このリターズン号は数々の大嵐を乗り越えてきた。だからどんな嵐でも沈むことはない」

それを知っているという感じで、ラウールが得意げな笑顔を見せる。その笑顔を見るとステラの胸はざわついた。そしていつもひとつの願いが胸に浮かんでくる。

（ラウールさんがコウの魂を持って転生していたらよかったのに……）

ステラの中のタクミはコウを求めている。ラウールがステラに笑顔を見せるたびに、そんな気持ちが抑えられない。

「ステラはときどき、悲しそうな目で私を見るが、どうしてなんだ？」

「え？　そう、ですか……？　別に、そんなつもりは、ないんですが」

悲しいという気持ちがラウールにはわかってしまうようだ。きっとこれまでも気づかれていたのだろうか。

「そうか？　なにかあるなら、話してほしい。どんなことでもステラの言うことなら信じるし、ちゃんと聞くから」

ステラの肩にラウールの手がやさしく載せられる。彼のやさしさがうれしくて、今すぐすべてを話したい衝動に駆られた。

（今、ラウールさんに話して、信じてもらえるだろうか。ちゃんと聞いてくれると言ったけど……）

もしかしたら、とそんな気持ちで前世の記憶があるかと聞いたことがあった。ステラのことは気になるが、そういうものはないとはっきり言われた。それでも可能性を捨てきることができないのはどうしてなのか。

「船は無事に潮の流れに乗ったようだな。よし、これからの予定について話しておこうか」

ラウールが風をいっぱいに受けて膨らむ帆を見上げて言う。そういえば、これからの予定をなにも聞いていなかった。リコッタ村が襲われ両親を失い、剣術を習いながら旅に出て、めまぐるしく変わる環境に適応するのに精一杯だった。

「そういえば、聞いてませんでした」

「そうだな」

髪をくしゃっと撫でられて、前髪で視界が不鮮明になった。髪の隙間から見えるラウールの顔がコウと重なる。見慣れた景色だと感じるのは、タクミがいつも見ていた光景だからだろう。

（ああ、もう……また泣きそうになる）

切ない気持ちをラウールに知られないよう、ステラは下を向いた。そして二人で船内に入り、フェリクスたちとこれからの予定を話し合うのだった。

吊るされているハンモックをいくつかどかし、そこに簡易のテーブルが出された。広げられたのは海図だ。セイルベース大陸の他に、いくつもの島と、離れた場所にセイルベースと同じくらい大きな、アトランティス大陸がある。ドラゴンはセイルベースとアトランティスのほぼ中央に複数ある島々に生息しているという。

リターズン号は大きな潮の流れに乗っている。ベロリア島までは数日かかるらしい。この距離をドラゴンはどのくらいの時間、飛行してやってくるのだろうか。もしも空が飛べたなら、ステラたちもあっという間にベロリア島へ行けるのにと思ってしまう。

「とりあえず、なにごともなければ五日ほどでベロリア本島のひとつ手前の島、ここにリターズン号をつけられる。そこで戦闘の準備を整えて小舟で本島に向かう」

ラウールが島を指差し、そこからどう動くかを指先でなぞっていく。

「ベロリア島の周囲は遠浅だからな。リターズン号は大きすぎて近づけないのが痛い」

フェリクスが腕組みをして唸《うな》るように言った。

「確かにリターズン号がつけられたら楽だが、大きい船が島に来たら、監視しているドラゴンにすぐに見つかるぞ。そうしたら空中から集中砲火を浴びる。そうさせないためにも、活動が鈍る昼間の時間帯に小舟で上陸する方がいい」

「それでこの船にたくさんの小舟が積んであるのか？」

「いや、緊急脱出用の船はどの船にも積んであるぞ」

ラウールが言うと「そうなのか」とフェリクスが頷いた。航海に関してはラウールの方がよく知っているらしい。

「ベロリア島に入ったら、すぐに戦うことになるんですか？」

ステラが不安げに聞くと、ラウールの指がベロリア島を差した。

「私たちが上陸するのはこの北側の浜辺だ。ドラゴンたちは木々の茂った南側に多く生息していると思われる。おそらく森の中に巣があるのだろう。とはいえ、私が実際に見たわけじゃないから推測しかできないんだが」

ベロリア島には人が踏み入ったことはないらしい。近くを通りかかった船に乗っていた船員からの情報だという。上陸してから徒歩でその南の森まで行くらしい。

今後の予定をみんなで確認し、情報を共有した。これであとは島に到着するまでドギアスに船を任せるだけだ。ステラはその間、剣の練習に集中する。とはいえ、本戦までまともに使えるようになるなんて、微塵《みじん》も思えなかった。

「やっ！　せいっ！　たあぁぁぁあ！」

甲板でラウールを相手に木刀を振っている。ステラは全力だ。しかしラウールは片手で木刀を持ち、ステラの剣をいとも簡単に往なしている。最後のひと太刀で、ステラの木刀は弾かれて甲板に転がった。

「ステラ、突進してくるだけじゃだめだ。相手の動きをよく見極めるんだ」

「はぁ、はぁ、はぁ、はぁ、そんなこと、僕には、無理、です……」

両手を膝について俯いているステラは、肩で息をしながら甲板に汗の染みを作っている。

見極めるなんて難しいことはステラにはできない。

「がむしゃらに剣を振ってもだめだ。相手がドラゴンだとまぐれ当たりくらいはあるだろうが……」

「ドラゴンにひと太刀でも当たるなら、それでいいんです」

顔を上げてラウールを見やると、彼はとてもつらそうな顔をしていた。

「ドラゴンを倒せたら、自分はどうなってもいいと、そういうことか？」

ラウールに問われ、ステラはなにも言えなかった。両親を殺したドラゴンを殺せるなら、自分の命はどうなってもいいと思っていたのを、ズバリ言い当てられる。

「僕は、僕にはもうなにもないので、ただ、親の仇《かたき》を取れるなら、それでいいと思っています」

甲板に転がっている自分の木刀を拾い、ゆっくりと顔を上げた。そのとき、数歩で近づいてきたラウールに抱きしめられる。拾い上げた木刀は再び甲板に落ちてカランカランと乾いた音が聞こえた。

辺りは水平線に沈もうとしている夕日に照らされて、すべてがオレンジ色に染められている。そんな中でステラはラウールに抱きしめられ、驚きで硬直していた。

「もうなにもないとか、悲しいことを言うな。自分の命と引き換えに仇を討つなんて、そんなことはしないでくれ……」

ステラを抱きしめるラウールの腕が、微《かす》かに震えている気がした。命を粗末に扱うなと、そう言われている。ステラは申し訳ない気持ちになり、ラウールの背中にそっと手を回した。

「すみません……もう、言いません。リコッタ村で唯一生き残った身として、仇を討って、みんなの分も……生きますから……」

ステラの両親も命を抛《なげう》ってまで仇を取ってほしいとは思っていないだろう。軽はずみな言葉を口にしたことを後悔する。

（ラウールさんがこんなにも心配してくれるなんて、ちょっとうれしいな）

そっと体を解放される。ラウールの瞳がどこか涙に揺れている気がしてドキッとした。ステラの鼓動が徐々に早くなっていく。それが緊張を呼び寄せた。

「その言葉を信じていいんだな？」

オレンジ色に染められていたリターズン号は、ゆっくりと濃いパープルに変化していき、次第に夜の色に変わっていく。ステラはラウールの目を見つめ、静かに頷いた。ラウールの口元に安堵《あんど》を含んだような笑みが見え、ステラもホッとする。

「よし、今日はもう終わりにしよう。そろそろ夕食ができる頃だからな」

「あ、はい」

あっさりと空気を切り替えたラウールにそう言われて頷いた。確かにどこからともなく、コンソメスープのいい香りが漂ってくる。腹が減ったと意識した途端、グゥ～と腹の虫が鳴った。

「あはは、腹が鳴ったな。私も腹の虫が騒ぎ始めたぞ」

上機嫌な様子のラウールのあとについて、ステラも船内へと戻るのだった。食堂のある階まで下りると、騎士団の面々がすでに食事を始めているようだった。広い食堂だが、男たちが肩を寄せ合ってぎゅうぎゅうの状態でテーブルに着いて食べている。

「うわあ、一箇所に集まると狭く感じますね」

「そうだな」

食堂の入り口で様子を眺めていると、奥の方で一人兵士が立ち上がったのが見える。

「隊長！　こっちです！　食事の準備、してあります！」

そんな声が飛んでくる。声をかけてくれた兵士の方へと向かうと、そこにはちゃんと二人分の席が確保されていた。

「悪いな」

「いえ！　お二人が甲板で特訓をされているのは知っておりましたので」

その兵士はビシッと額の横に揃えた指先を当てて敬礼している。

「僕の分まで、ありがとうございます」

「ステラ様は、隊長の客人と聞いておりますので、当然であります！」

そう言って、その兵士は軽く会釈をしてその場を離れていった。席に着くと、向かいに座っているフェリクスと目が合う。

「やっと来たか。食事の時間は守れよ。そうじゃないと、鍋《なべ》がすっからかんになっちまう」

テーブルにはステラとラウールの食事が皿に盛りつけられ、もわもわと湯気が上がっている。今日はコンソメスープにパン、白身魚のソテー、野菜はトマトが皿に気持ち程度で盛りつけられていた。

「船の上で陸上と同じような食事ができると思わなかったです」

「まあそう長旅じゃないからな。何ヶ月も航海するときはこんな食事は出ないさ。野菜は初めの数日だけだし、肉やパンもそうだ。大半が魚料理になる」

「それって現地調達ってことですか？」

「そういうことだ」

手の平大の丸いパンをちぎっては口に入れているラウールが教えてくれる。ステラもようやくスプーンを手に取ってスープを飲み始めた。想像以上に空腹だったらしく、ステラは夢中で食事をするのだった。

その夜、ステラは波のリズムに揺られながら初めてハンモックで眠った。眠れないかもと思ったが、疲れている体はあっという間に眠りの底へと誘う。しかし、なにかの音にその眠りは妨げられ、真夜中に目が覚めてしまった。

「なんの音だろう」

ハンモックから下りて甲板に出る。どうやら波が高くなってきたのか、船底に波が当たる音だったようだ。音の正体がわかってホッとして、船内へ帰ろうとしたが、夕方、ラウールと練習をしていた船首の甲板に人影を見つける。

(誰かいる？　見張りの人かな？)

船には交代で常に周囲を監視する人がいると教えてもらっていた。海図に従って船は進むが、周りに障害物がないか接近してくる船はいないか注意するためである。

だが、その見張りはマストの上にある檣楼《しょうろう》にいるはずだ。他にこんな夜中に甲板にいるのは誰なのかと、ステラは足音を忍ばせて近づく。そこには月の光を浴びながら真っ黒な海を眺めるフェリクスの姿があった。

「……フェリクス、さん？」

「……あれ？　ステラ？」

振り返ったフェリクスがステラを見てにこりと微笑んだ。

「なにしてるんですか？」

「ああ、ちょっと月の力を溜《た》めてた」

「え？」

フェリクスがさらっとそんなことを言うので、ステラは首を傾《かし》げてきょとんとする。なにか魔法と関係があるのだろうか。

「いや、いいんだ。ステラには少し難しいと思うから。ちょっと話す？」

そう問われて、ステラはまだフェリクスに返事をしていないことに気づく。

(あのときの返事、ずっとしてないんだ)

フェリクスからの告白を受けて、そのあとはもう怒濤《どとう》のような日々が押し寄せ考える暇がなかった。リコッタ村が襲われ、ドラゴン討伐に同行することとなり、さらに剣の特訓まで受けることになった。

「あの、フェリクスさん……」

「あのときの返事、聞かせてくれるのかな？」

「あ……、はい」

　ステラはフェリクスの隣に立って、同じように船の手すりを掴んで海を眺める。どこまでも黒い波面が広がり、そこに月の明かりが反射して部分的にキラキラと光っていた。

　ステラがなにからどう話そうかと悩んでいると、フェリクスがふふっと声を上げて笑った。反射的に顔を上げてフェリクスを見ると、彼はやさしい笑顔でこちらを見ていた。

「どう伝えていいのかわからないって、感じだね」

「そう、ですね……」

「でもステラの気持ちはなんとなくわかってるんだ」

「え、そうなんですか？」

「まぁね。ダメ元で告白した感じもあるし。ステラはラウールに気があるんだろうなっていうのは、感じてたし」

　諦めたような口調でフェリクスが言う。ラウールに気があるんだな、と言ったフェリクスの言葉をステラは否定しなかった。するとフェリクスが大きなため息をついた。

「やっぱそうか。否定しないところを見ると、ラウールか」

「……えっと、そう、です。でも脈があるかはわからないです。ラウールさんが男性の僕を好きかどうかは聞いてないですし……もしかしたら他に好きな女性がいるかもしれないので……」

ステラは自分のこの気持ちは、前世の記憶に引っ張られているのだと思っていた。タクミがコウを求めるように、その気持ちに流されてラウールを好きになっていったのかもしれないと――。

（――僕は、純粋にラウールさんに惹《ひ》かれてる。タクミの気持ちとか、ラウールさんがコウに似てるからとか、そういうのじゃなくて……本当に――好きなんだ）

ステラはラウールの実直さや、時に見せるロマンチストな部分、そして剣の訓練をしているときの真剣な眼差し。そのすべてに惹かれている。それは紛れもない事実だった。

（フェリクスさんに告白されて、だんだん実感が湧《わ》いていったなんて、言えないな……）

唇を噛んで俯いていると、フェリクスの手がステラの頭の上に載せられ、髪をくしゃっとされる。乱れた髪は海風で靡《なび》いて揺れた。

「まず教えておいてやる。ラウールに婚約者や好きな女はいない。もうひとつ、あいつは相手が男でも女でも、好きになって一度懐に入れたら離さない。最後に、ステラ、君は好かれてる」

「えっ！」

フェリクスの言葉に驚いた。嫌われてはいないだろうと思っていたが、まさか好かれているとは。確かにラウールはやさしい。それは彼の性格だと思っていたし、初めこそステラを珍しがって牛の世話をしていたはずだ。

そのあとは――と考えて、ラウールの行動に理由がつけられないことがいくつか思い当たった。夜に訪ねてきたとき、美しい場所に連れ出されていろいろ話した。ただ話すだけのために、その場所へステラを連れていきたいとそれだけで訪ねてきたような気がする。

「まさか、気づいてなかった？」

フェリクスが驚いたように聞いてきた。ステラは首を傾げつつ頷く。

「ステラは純粋だよな。黒いものでも白と言われたら信じそうな感じがする」

「それはないですよ。白は白だし黒は黒ですから」

大真面目《おおまじめ》にそう答えると、ぶっ！　とフェリクスが吹き出した。なにか変なことを言っただろうかとステラの顔が熱くなる。

「まあ結果は見えてた告白だから、気にしないでいいよ」

フェリクスが手の平を上に向けて、ふっと息を吹きかけた。するとなにもないその手の平に、白い光が集まり始める。ステラはフェリクスの魔法から目が離せない。

「ラウールが好きだから、俺の告白には応《こた》えられないって、それでいいんだよね？」

念を押されて、ステラは小さく頷いた。なにかを言おうと口を開きかけたステラだったが「了解」とフェリクスがあっさりした返事でこの話題を終わらせてしまう。ちゃんと断りの言葉を言わせてもらえなかった。

ステラの興味は徐々にフェリクスの手の中の光に集中していく。フェリクスの手の平の上でふわふわと浮かぶ白い光は、辺りを淡くやさしく照らしている。まるで鼓動しているように、光が大きくなったり小さくなったりを忙《せわ》しなく繰り返す。まるで星の瞬きのようだ。

「この光、なんだと思う？」

「えっと、なんでしょう？　すごくやさしい光ですね。どうやって出しているんですか？」

「これは、あれ」

フェリクスが空いている手で空を指差した。そこには丸い月が上っていて、淡い光を降り注いでいる。ステラは月を見上げて首を傾げた。

「月の力を溜めてたって言っただろう？　こういうこと。この光は月の光。星とか月とか、俺はそういう力を体に溜めることができる。魔法の一種だけど、できる人とできない人がいるよ」

「へえ、そうなんですか！　すごいですね！　夜でもランプいらずじゃないですか」

ステラが言うと、フェリクスが声を上げて笑った。また的外れなことを言ったようだ。

「ランプいらずか。まあそうだけど、ちょっとそれはもったいないかな。この力は光としても使えるけど、ステラの傷を治したときみたいに、治癒にも使える。だからそっちの方が有効的かもね」

「そんなことにも使えるんですね。魔法って奥が深いです」

「そうだね。だからみんな魔法学校に何年も通って勉強するんだ。それでも一流の魔道士になるのはほんのひと握りの世界だよ」

一朝一夕で剣も魔法も使えるとは思っていなかった。しかしリコッタ村を守るのに、魔法を教えてほしいと言ったステラのことを、フェリクスはどう思っていたのだろうか。

（もしかして、魔法を軽く見ていたと思われていたのかな。だから基礎以前の魔法しか、教えてくれなかったのかもしれない）

気安く魔法でリコッタ村を守りたいなどと言ってしまったことを少し後悔する。やってみてわかったが、魔法も剣も、日々の鍛錬が必要だということだった。

「ラウールさんは、僕が同行することをどう思っているのでしょうか。本当は足手まといなのではと感じてます。フェリクスさんもそうですよね？　だから僕に魔法の基礎の基礎をちょっとしか教えてくれなかったんですよね？」

「ああ、ステラはそう思ってたのか。まあ足手まといになるかどうかは、これからの鍛錬次第じゃない？　ちなみに魔法はね……」

フェリクスがどうしてステラに攻撃魔法などを教えなかったのかを話し始めた。ステラが真剣に自分の村を守りたいことは伝わったが、すぐに使えるような魔法などない。しかしどうにかしてやりたいと思ったらしい。

「魔法はひとつ間違うと、魔道士自身の命に関《かか》わることがある。攻撃魔法はそのくらい難しい。防御魔法も同じだよ。だからステラには教えなかった」

「そうですよね。僕にすぐできるなら、きっとこの世界には魔道士がたくさん誕生しちゃいますね」

あはは、と笑ってみせたが、自分の無力さを思い知る。きっと剣術も同じなのだろう。真剣を見せてはもらえたが、まだ使わせてもらえない。剣に慣れていないステラが扱えば、自分か自分以外の誰かを傷つける可能性があるだろう。

（だから未《いま》だに木刀なんだ。もしかしたらこの先、ドラゴンと対峙《たいじ》しても木刀だったら、きっと一矢も報いることができない……）

両親の仇を、村のみんなの仇を取りたかった。たったひと太刀でいいのだ。そう思って同行したが、無理かもしれないと思い始めていた。

「とはいえ、ラウールもステラの鍛錬が無駄だと思っていたら船には乗せないさ。村での真剣な気持ちとか、少なからず同情はしたんだと思う。同情が悪いとは言わないし、同行させた手前、ラウールが責任を取るだろう」

「同情……ですか」

「同情でもなんでも、ステラはみんなの仇を討ちたいのだろ？　だったらそれを利用してやればいいじゃないか。剣術もすぐに上手くなるなんて言えないけど、できるだけ頑張ればいい」

「そうですね……。わかりました。ありがとうございます」

フェリクスの言葉で少し気持ちが軽くなった。夜も更けたし……とフェリクスに言われ、二人は船内に戻り再び眠りについたのだった。しかし、それからどのくらい時間が過ぎたのか、船の大きな揺れで、ステラや他の面々がハンモックから落下し目が覚めた。

「イテテテ……なに？　すごく揺れてる……うわあっ！」

リターズン号はこれまでにない大きな揺れに襲われていた。船員たちの怒鳴る声が甲板で聞こえている。ギシギシと激しく木の軋む音と、ドン！　という衝撃音が船の外から聞こえていた。

「ステラ、大丈夫か？」

ラウールに声をかけられる。ステラは揺れで転ばないよう、さっきまで眠っていた自分のハンモックにしがみついた。今にも転覆するのではという揺れに、ステラは座り込んで動けなくなってしまう。

「だ、だ、大丈夫、です。これ、嵐……ですか？　船、沈みませんか？」

甲板へ出る扉の隙間から、海の水がザブザブと流れ込んできているのかわかる。外は大嵐なのだ。ステラは震える声で答えるが、嵐の音でステラの返事はラウールに届いたかどうか定かではなかった。

「おい！　手伝えるやついるか！」

そのとき、水が入ってきていた扉が開いたかと思うと、全身びしょ濡《ぬ》れの船員が叫んだ。

「海に慣れているやつがいたら、上がってくれ！　船乗りの半分が海に落ちたんだ！」

大変なことが起こっているとわかった。そしてこれでラウールの小隊の半分も海に投げ出されて助からないことも――。

（やっぱり嵐が来た。今外に出たら助からない人が大勢……でもそうしないと、この船は沈むかもしれない……）

どうなるかわかっているのにどうしようもできない歯がゆさを、ステラはここでも感じていた。自分の無力さや小ささが悔しかった。そんな自分に嘆いている間に、小隊のほとんどの人が手を上げ、甲板へと出ていくのが見えた。

「ラウールさん！」

扉からラウールが出ていこうとするのを、ステラは摑んで止めた。小さく首を振り、行かないでと言葉にしないで訴える。

「大丈夫だ。部下だけに行かせて、私が行かないのは筋が通らないだろう？」

「それもそうだ。ステラのことは俺に任せておけ」

そう言ったのはフェリクスだ。彼の腕がステラを引っ張り、自分の腕の中にすっぽりと収めたのだ。この体勢はちょっと、と思ったが、船が木の葉のように揺れるので、ステラはフェリクスにしがみつくしかなかった。

「ああ、任せた。頼むぞ、フェリクス」

無表情でフェリクスにそう言い残し、ラウールは船室の外へと出ていってしまった。

「どうしよう……ラウールさんが海に落ちたら……どうしよう……」

そう考えるだけで怖かった。大切なものをもう失いたくない、そう思うのにやはり自分にはなにもできない。ステラはフェリクスの腕を強く摑んで震えた。後ろからフェリクスがぎゅっと抱きしめてくる。

「しっかりしろ。ラウールは簡単に海に落ちたりしない。それより体を固定しないと、俺たちがどこかに頭をぶつけてあの世に行ってしまうかもしれないぞ」

フェリクスに言われてステラは顔を上げた。なにかに体を縛りつけておかなければ、船内の右から左まで簡単に滑っていってしまう。体や頭をぶつけたら大怪我は免れない。ハンモック以外にたくさんの荷物が置いてあるが、それらはすべて固定されてある。

フェリクスの真似《まね》をして、柱に自分の体をロープで縛りつける。まるで小箱に入れられてむちゃくちゃに振り回されているような感じだった。

どのくらいそうしていたのか、ステラは激しい揺れに目を回し、疲れ果てて意識を失ってしまった。

「ステラ、嵐が去った。大丈夫か？」

フェリクスに体を揺すられ、ステラは目を覚ます。

「え、お、終わったん、ですか？」

船はほとんど揺れていない。フェリクスの言うように嵐は去ったようだ。自分と柱を縛っているロープを解き立ち上がる。しかし足腰に力が入らず、ふらふらして上手く立てなくて座り込んだ。

「おっと、大丈夫か？　嵐のせいで平衡感覚がおかしくなってるんだ。そう急ぐな」

「ラウールさんは、大丈夫でしょうか？」

ステラは床を這うようにして甲板へ出るための扉まで向かった。そこでようやく立ち上がり、甲板へ出る扉を開けたのである。

「うわっ……」

あまりの強い日差しに、目の前が真っ白になった。腕を上げて光を遮り周囲を見渡す。船の上では、壊れた手すりや折れたマストを修理する船員や、小隊の制服を着た人が慌ただしく作業していた。

（ラウールさん、ラウールさんはどこ！）

辺りを見回しながらラウールの姿を探す。船の前の方には姿がない。ステラは慌てて船の後ろへと回る。そこにはドギアスとラウールがなにやら話す姿があった。

（よかった……ラウールさん、無事だった）

疲れた顔のラウールを見て、昨夜がどれほどひどい嵐だったのかを思い知る。そしてリターズン号が海の真ん中で停泊していることに気がついた。

「船、止まってるんだ……」

ステラは船の手すりを摑んで辺りを見渡す。一面どこも海で、島の影はない。どうして止まっているのだろうか。

「ステラ。怪我はなかったか?」

声をかけられて振り返る。やさしく微笑むラウールの顔を見て、ステラは泣きそうになるのを我慢して顔をくしゃっとさせて頷く。

「大勢の人が、海に落ちたんですよね……」

「ああ、そうだ。あの嵐で、私の隊も半数が海に落ちた。さっきまで捜索はしていたが、見つかっていない」

こうなるとわかっていたのに……とステラは胸を痛める。どうすることもできない、物語の流れを変えることができない。

「どうすれば、よかったんだろう……」

死にゆく人を助けることができない歯がゆさ。神はステラにどうしてこんな試練を与えているというのか。

「ステラ、自然が相手なんだ。どうすることもできないさ」

「でも！　でも僕は知ってたんです。こうなるって、知ってたんです！　知ってたのに！」

一気に気持ちが爆発したステラは、目にいっぱい涙を浮かべて叫び、たまらずその場から駆けだしていた。

「ステラ！」

背後でラウールの自分を呼ぶ声が聞こえた。しかしステラはそのまま船内に戻って部屋の隅で座って丸くなり、ただひたすら、空になってもう戻ってこない人のハンモックが揺れるのを見ているのだった。

リターズン号は修理と捜索のため、その日は停泊したまま夜を迎えることになった。幸いにも船底に穴があいたりして浸水をしなかったただけよかったと、船員たちが話しているのを聞いた。

海に放り出された人の捜索の結果は壊滅的だった。大波に飲まれた生存者は、誰一人として見つけることができなかったのである。

翌日の朝、亡くなった船員と隊員の弔いの儀式が行われ、船内に残されている形見の品も丁寧に箱に入れられた。誰もが悲しみの中に沈み、その中でもひどく傷ついていたのはステラだった。

（船は沈まなかったけど、たくさんの人が死んだ……。僕は知っていたのに！）

ドラゴンがいなければ、こんなにたくさんの人が亡くなることはなかった。リコッタ村でも、他の村でも、この船でも、生き残った人々はどれほどの悲しみを抱えなければいけないのか。

「ステラ。大丈夫か？　船酔いしたか？」

前甲板の端っこに座り、手すり柵《さく》の隙間から海の方へ足を出してぼんやりしていると、元気のないステラにラウールが声をかけてくれる。

「船酔い……そういえばしてないみたいです。あんなに揺れたのに……」

「そうか、それならいいんだが。あの嵐で大勢の人が海に投げ出されて、ほとんどの人が見つからなかった。もしかしたら近くの島に流れ着いている者もいるかもしれないが……」

ドギアスはこのままベロリア島の付近まで行くそうだ」

「そうなんですね……」

ドギアスはこうなることも予測していたのだろうか。屈強な船乗りたちが半分もいなくなり、それでも目的を果たそうとするその強さに、ステラは驚かされる。

「船長も、ラウールさんもつらいはずなのに……」

「そうだな」

ラウールがステラの隣に腰を下ろした。同じように海に向かって足を出して同じスタイルになる。

「だが私たちの目的は、ドラゴンを討伐すること。その使命のためなら、犠牲は厭《いと》わない。ドギアスと話して考えが一致した。だから明日には出発だ」

ラウールの疲れた顔を見つめるステラは、これが決意をした男の顔なのかと思った。この場所で行方不明の部下を探し続けることが、彼らの意思ではないことをラウールは知っているのだ。

「僕は、知ってたんです。この嵐で大勢の人が海に投げ出されることを……」

ステラの発言にラウールの眉間《みけん》に深い皺《しわ》ができる。どういうことだ？　と聞いている顔だ。信じてもらえなくても、すべてを話そうとステラは思った。

（もう、信じてもらえなくてもいい。一人で抱えているのは、つらすぎる）

ステラは自分が他の人の魂を持ってこの世界に生まれたことを話した。雷に打たれた日、ステラの中に違う人の魂があるのを知ったこと、そしてこの世界での出来事はその人、タクミが書いた物語であること。まるで信じられないような内容のはずなのに、ラウールは真剣に聞いてくれている。

「それで、タクミにはカヤモトコウという愛する人がいたんです。絵が上手くて運動もできて、かっこうよくてやさしくて。ラウールさんを見たとき、コウに会えたと思いました……」

見た目こそ違うが、彼の持つ魂がコウと同じだと、タクミの魂がそう訴えていた。だがステラにはそれをどうやって確かめたらいいのかわからなかった。

（今、こうして全部話しているけど。ラウールさんはどこまで信じてくれているんだろう。きっと、信じてもらえないだろうな）

諦めの気持ちでステラが話し終えると、ラウールはなにも言わずに真っ直《す》ぐ海の方を向いてしまった。やっぱりか、とそう思ったとき……。

「ステラに初めて会ったとき、胸がざわついた。初めは馬車に跳ねられそうになったのを助けたせいかと思っていた」

でも違った、とラウールは続けて、甲板の上についているステラの手の上に自分の手を重ねてきた。

「それからずっとステラのことが忘れられなくて、会いたくてしかたがなくて頭から離れなかった。だから怪我の様子を気にする振りをして、何度も会いに行った。もし私の中に、カヤモトコウという人の魂があるのなら、それはどうすれば目覚めることができるのだろうか……」

ラウールの真剣な眼差しがステラを見つめる。切なくもどかしい感情が込み上げてくる。ラウールにコウの魂が眠っているなら、ステラだって起こしたい。どのくらいの時を超えて再会することになるのかわからないが、魂が求めているのだ。

「それは、わからないです……。僕みたいに雷に打たれてみる……とかですかね？」

冗談ぽくそう言うと、ラウールが泣きそうな顔で微笑んだ。

タクミの魂が泣いている。

ステラの胸の中で、会いたいと泣いている。

それは痛いほどわかるのに、どうすることもできなかった。

ラウールの腕がステラの肩を抱いてくる。抵抗することなくステラは逞《たくま》しいラウールの肩に頭を乗せ、しばらくそうして二人は無言で海を眺めるのだった。


リターズン号がベロリア島へ向かって出航し、近くの島までようやくたどり着いた。気持ちが沈んでいたステラだったが、再びラウールとの剣の稽古《けいこ》を始めていた。近くの島に到着した日、初めて真剣を手に稽古をした。

「ステラ、怖がらなくていい。私はちゃんと剣を受けられる。だから踏み込んでこい」

そう言われても、もし万が一でも怪我をさせたらどうしようと尻込みしてしまう。それが立ち振る舞いに出てしまい、何度も注意されてしまう。

「私が心配しているのは、真剣でステラが怪我をしないかということだ」

「えっ、でも僕は剣を持っている方なので……」

「戦闘はそんな甘いものじゃないさ。自分が持っている剣で傷つくことなんてよくある。

だから絶対に手から離しちゃだめだ」

「は……はいっ」

ステラはカチャリと剣を構えた。ラウールを見据え、踏み込んで剣を振り上げる。キン、キン！　と金属のぶつかり合う小気味いい音が響く。どんなに角度を変えて攻め込んでも、ラウールの言葉通りすべて受け止められていく。

（こんなの、ドラゴンに一矢報いることなんてできるのか？）

半信半疑のままステラは日が落ちてラウールの顔が見えなくなるまで練習を続けるのだった。上達しているのかどうかはわからない。だがいつもラウールは褒めてくれる。

——今の踏み込みはよかったぞ。

——そうだ、思い切って斬りかかってこい。そうだ、いいぞ。

——今度は防御だ。右、左、右、そうだいいぞ、腰を落として……、できてるぞ。

その励ましはステラに自信をくれた。どんなこともいつも弱気で、自分なんてこんなものだ、と諦めることの多かったステラだが、ラウールのおかげでどんどん前向きになっていった。

リターズン号から小島に移り、そこを拠点にベロリア島に乗り込むこととなる。船から小島へ荷物が下ろされていく。ステラも持てる力をすべて使って手伝った。

——頼もしいねぇ！

——お、持てるか？

船乗りたちの屈強な肩には信じられないくらいの大きな樽が乗っていたが、ステラは小さな箱ひとつをヒーヒーいいながら運ぶ。そんな姿を冷やかされて恥ずかしかったが、それでも少しでも手伝いたくて頑張った。

その夜は船の上ではなく、ベロリア島が見える距離にある小さな島に野営することになった。リターズン号の船員も一緒だ。日が暮れるまで船の細かい場所の補修をしていた船員たちは、夕食を摂《と》ってすぐほとんどの人が寝てしまっていた。

夜空にはたくさんの星が瞬いていた。こんなに美しい星空は、ラウールに連れ出されたあの湖のほとりで見て以来だ。

「ラウールさん、この島にドラゴンは来ないんでしょうか？」

ステラは夜空を見上げながらそんな質問をした。焚《た》き火《び》の周りにはステラを含めて数名の兵士やフェリクスが囲んでいる。ベロリア島から火が見つからないような位置で野営をしているが、夜行性のドラゴンがここを見つけないという保証はない。

「来ないと断言はできないが、ベロリア島で野営することの方が危険だから、一番近い島を拠点にするのが最適なんだ」

「そうなんですね。無事に朝を迎えたら、とうとう始まるんですね」

「怖いか？」

左隣に座るフェリクスが、小枝を焚き火に焼《く》べながら聞いてくる。オレンジの火が揺れるたびに、光に照らされている人の影も揺れた。

「怖くないなんて言わないです。でも一番いやなのは、みなさんのお荷物になることなので、せめて自分の身は自分で守りたいです……」

本当は怖くてしかたがない。組み合わせた手を放すと震えるので、ステラはずっと力を入れて握っていた。

「まあ、それも難しいときがあるから、そういうときは俺が守ってやるさ」

フェリクスがステラの手を握ってくる。フェリクスのやさしさにホッとしていると、右側に座るラウールがステラの肩に腕をかけてきた。

「ラウールさん？」

「大丈夫だ。最前線で戦っていても、ステラのことは私が守るから。今日はもう寝てしまえ。明日の朝は早いんだ」

ステラの体はラウールに寄りかかるような格好になっていた。焚き火を囲むみんながそれを見ているので、照れくさくてしかたがない。しかしチラリとラウールの顔を見上げれば、とても真剣な表情だった。ステラはそれを見て、本当に心から自分の命を預けられると思った。

「わかりました。僕の命、ラウールさんに預けますね」

ステラの言葉を聞いて、周囲の人がヒュー！　と声を上げた。それがさらに羞恥《しゅうち》を呼んだが、ラウールは全く気にしていない様子だった。

焚き火を小さくし、見張り以外はみな眠りにつく。明日は日が昇る前から準備を始め、周囲が明るくなったら小舟でベロリア島へ渡る。小隊は半分になってしまったが、こればかりはどうしようもなかった。

深夜、見張りの人間以外が寝静まった頃、まるで鳥の鳴き声のような悲鳴が聞こえてステラは飛び起きた。

「な、なに!?」

それは周囲の人間も同じだったようだ。テントから出てくる小隊の面々、フェリクスにラウールもいる。声のする方ではなにやら騒がしい声が聞こえていた。

「離せ！　スターリンを離せ！」

小隊の一人が剣を向けているのは、小型のドラゴンである。スターリンと呼ばれた男性は、ドラゴンに首の部分をくわえられている。少しでも力を入れたら折れてしまうだろう。スターリンは怯え、助けて、と何度も繰り返している。そんな光景を目の当たりにして、ステラの足は震えていた。

「おい、そいつを離せ」

前に出たのはラウールだ。剣を構え、今にも飛びかかりそうな勢いだった。それでもドラゴンはスターリンを離さない。緊迫した空気に包まれ、剣を構える兵隊たちがドラゴンの周りを取り囲んでいた。

「言葉が通じるわけもないな」

ラウールがそう呟いて斬りかかろうとしたとき、目を開けていられないような風が辺りに渦巻き、周囲は一瞬視界を失った。それはラウールも同じだったようだ。目を開けて見たその状況に、息を呑んだのはステラだけではないだろう。

大型のドラゴンがラウールの目の前に立ちはだかり、そして利き腕である右腕に嚙みついていたのだ。ラウールの腕からは大量の血が流れており、それはステラのいる場所にも血の臭いが漂うほどだった。

「ラウールさん！」

「隊長！」

なんとかしなくちゃ、とステラはそのことしか頭になかった。周囲の兵隊は怖《お》じ気《け》づいているのか、ラウールを助けようと斬りかかる者がいない。

(どうしてみんな、ラウールさんやスターリンさんを助けないいんだ！　あんなに血が流れてるのに！)

ステラは腹の底が煮えるように熱くなるのを感じていた。これは怒りと焦燥である。

しかしそうではなかった。今この瞬間に飛び込めば、スターリンもラウールもどうなる

か、他の兵隊はわかっているのだ。わかっているから動けないのである。だがステラは戦闘経験がなく、そういう躊躇《ちゅうちょ》がなかった。

(ラウールさんを助けなくちゃ！　絶対に、死なせちゃいけない！)

その思いだけで、ステラは自分の剣を持ってドラゴンに突進したのである。

「ラウールさんを離せぇぇぇ！」

「だめだ！　ステラ！　来るな！　フェリクス！」

ラウールの声はステラの耳に入っていなかった。恐怖心もなにもなく、ただこのドラゴンにひと太刀入れラウールを助けることしか頭になかったのだ。ステラの剣はドラゴンの横っ腹を切り裂いた。しかし生きているドラゴンを切ったこともなければ、生肉を相手にしたこともない。ステラは切りつけた反動で思いきり後ろへ弾かれてしまった。

「うわあっ！」

ステラはバランスを崩して尻もちをつく。だがラウールの腕を噛んでいた口を離したので、やった！　と思った。ラウールが痛みに顔を歪めているのを見て立ち上がろうとした。しかし目前にラウールを噛んでいたドラゴンの大きな顔が近づいてくる。息を呑んで怯《ひる》んだステラは逃げるタイミングを逸した。

「フェリクス！」

ラウールが叫ぶ。至近距離でドラゴンが口を開けた。恐ろしさのあまりにステラは声を出すことも動くこともできなかった。ドラゴンの口の中は鋭い歯がたくさん並んでいて、ラウールを噛んだときの血が所々に付着していた。

ドラゴンが大口を開けてステラを頭から噛もうと迫ってくる。このまま噛み殺される、そう思ったとき……。視界が真っ暗になる。

「うあっ！」

ステラはラウールに抱きしめられていて、ドラゴンの牙が彼の右肩に食い込んでいるのが見えた。その後すぐに光の球がドラゴンの顔の横に叩きつけられ、ラウールから口を離したドラゴンが後退《あとずさ》る。それを機に周囲の兵隊たちが斬りかかっていくのが見えた。大型のドラゴンも先ほどまでスターリンの首を噛んでいたドラゴンも、兵隊に取り囲まれて全身を切られて弱っていくのがわかる。

そして最後にトドメを差したのはフェリクスの魔法の力だった。白い光の球体がドラゴンを包むと、その光はドラゴンとともに小さくなってフェリクスの手の中に戻っていく。どういう魔法なのか全くわからないが、これで一応は決着がついたのだろう。

ステラを抱きしめていたラウールが、急に体重をかけてくるので支えきれなくなっていく。

「ラウールさん！　大丈夫ですか！」

彼の意識はなかった。体からは大量の血が流れ、辺りはその血で染まっている。ステラはゾッとした。もしかしてもう、亡くなっているのでは……と。

「うそだ、そんな……ラウールさん！　いやだ！　起きてください！」

意識のないラウールを揺するが返事はない。大粒の涙がステラの目から零れ落ちる。

「ステラ、ダメだ。動かさないで」

フェリクスがそう言って、救護班！　と大声で叫んだ。担架を持った兵隊が走ってやってくる。そしてその上にラウールを載せる。彼の顔は真っ青で、まるで死んでいるように見えた。

「今すぐ俺のテントに連れていけ。圧迫止血を忘れるな」

「はい！」

担架に乗せられたラウールはあっという間に連れていかれてしまった。ステラに声をかけることなく、フェリクスもそのあとについて走っていく。地面に座り込んだステラの服は、ラウールの血で染まっていた。抱きしめていた両手も同様だ。

「僕……のせい？」

ただラウールを助けたかった。その気持ちだけだった。

――だめだ！　ステラ！　来るな！

ラウールはそう言った。ただドラゴンからラウールを助けたい一心で、来るなという声を聞かずに飛び込み、ラウールが負傷した。ステラはショックでその場から立ち上がれずにいた。

「あんたの気持ちはわかる」

横に立ったのはドギアスだった。ステラはゆっくりと顔を上げてドギアスを見た。彼は今しがた戦闘があったその場所をつらそうな表情で見つめている。

「ラウールを助けたい気持ちはみんな同じだったさ。小隊の連中は戦闘経験があるから、いつどのタイミングで剣を振るえばいいのかわかる。だがお前さんは気持ちだけしかなかったから、それはしかたがない」

「でも、それで、ラウールさんが死んじゃったら……僕は、どうすれば……いいでしょうか」

俯くと血だまりに涙が落ちる。こんなにたくさんの血が流れて、ラウールは助かるのかと……不安しかなかった。

「人生はなるようにしかならねぇよ」

そんな言葉を残してドギアスは行ってしまう。ステラは懸命に思い出している。物語にこんな場面があったのだろうかと。いくら考えても作戦拠点でドラゴンに襲われるところなど思い出せない。

（どうして物語と違うことが起こるんだ？　嵐は来た。船員や小隊の半分が海に落ちてしまった。でもこんな……こんな場面は、知らない……）

なにかが変わってきている。これまでも物語にない場面が多々あった。しかしステラが覚えていないだけという可能性もあったが、今回の戦闘はラウールが負傷するという大きな出来事だ。これを覚えていないのはおかしいと思っていた。だがいくら考えても答えは出ないのだった。

ドラゴンとの戦闘を終えて、しばらくは周囲の警戒をしていたが、どうやら他にドラゴンはいないことを確認して、休息についたのは明け方だった。

ステラはすぐにでもラウールの様子を見に行こうとしたが、ドギアスに血で汚れた服を着替えろと言われ、島の中にある泉で体を綺麗にして新しい服に着替えた。

そしてようやくラウールが治療を受けているテントの前にやってきた。だが声をかけることも中に入ることもできず、ただテントの前をウロウロしている。

（どうしよう、なんて言えばいいんだろう。言いつけを守らなかったからラウールさんが怪我をした……謝りたいけど、謝って許してもらえるのかな……）

どのくらいそうしていたのか、いきなりテントの扉がバサッと開き、フェリクスが顔を出した。

「ぅわぁっ！」

驚いて変な声が出てしまった。

「いつまでそうしてるんだ？　さっきからずっとテントの前でウロウロしているが……」

「あ、あ、あの……ラウールさんは、大丈夫、でしょうか？」

恐る恐る聞いてみる。フェリクスの顔は疲れているようで、懸命に治療にあたっていたと察することができた。

「とりあえず、命は落とさなかった。中に入っていいから」

「あ、よ、よかった……本当に、よかった……」

ステラは両手で顔を覆い、息を吐くように何度もそう呟いた。フェリクスに手招きをされ、ステラはそっとテントの中に入る。そこにはまだ顔色の悪いラウールが目を閉じて横たわっていた。ズキンと胸が痛む。あのとき自分が考えなしに飛び出さなければ、ラウールはステラを庇ってこんな大怪我をすることはなかったのである。

「ほら、その椅子《いす》、使っていいから」

「……はい」

木製の折りたたみ椅子を引き寄せ腰を下ろした。規則正しく呼吸をするラウールの胸は静かにゆっくりと上下している。生きている、そう思うだけでうれしかった。

「今は安定してる。俺、スターリンの方を看《み》てくるから。ラウールが目を覚ましたら教えてほしい」

「えっ」

ついていなくて大丈夫なのかと聞こうとしたが、フェリクスはすでにテントから出ていってしまった。ラウールの体の上には直径三十センチほどの、オレンジ色に光る魔法陣が音もなく浮かんでいる。初めて見たらきっと驚いただろうが、ステラはフェリクスが使うのを見ていたから平気だった。

(これって、きっとラウールさんの治療をするためのものなんだろうな)

無闇《むやみ》に触れるのはよくないな、とステラは寝ているラウールの手に触れる。

「熱い……」

彼の手は思った以上に熱かった。おそらく傷口の炎症が原因だろう。

上半身が裸のラウールの肩には、白い包帯が巻かれていて、その包帯には血が滲《にじ》んでいる。胸までかけられてある毛布を掴み、首の辺りまで引き上げた。

ラウールの額には汗が浮かんでいる。ステラはベッド脇《わき》の桶《おけ》に入っている水に布を入れて固く絞り、それで汗を拭《ふ》いてラウールの額の上へ載せた。

(熱が高い……。すごくつらそうだ)

眉間に皺を寄せて苦しそうにしているラウールを見つめ、ステラは自分を責めることしかできなかった。

「タ……ミ……」

掠《かす》れた声でラウールがなにかを呟いている。意識は戻っていないようだから、うなされているようだった。ステラは何度も布を水で濡らしては汗を拭き、額を冷やす。今のステラにはそれしかできない。

「タク……ミ……タ、ク……ミ」

「え？」

初めはなにを言っているのかわからなかったが、次第にそれが名前だと気がついた。しかもラウールはタクミ、と確実にそう言っている。

（僕が船の上で話した、魂の転生の話の夢を見てるのかな？　あんな話、よく信じてくれたな）

苦しそうに呼吸を始めたラウールがひときわ大きく息を吸った。

「——来、もまた、タ……クミを……見……ける」

ラウールがそう言った瞬間、ステラは思った。もしかしたら、ドラゴンに怪我をさせられたことがきっかけで、ラウールの中で眠っていた魂が目覚めたのではないかと。

（もしもそうだったら、もしも……コウの魂が目覚めていたら……）

今すぐにでもそれを確かめたくてしかたがなかった。だが無理やり起こすわけにもいかない。

「ここにいるよ。僕はここにいる」

ラウールの言葉に応えるように何度もそう返事をした。うなされている間、ラウールはずっとタクミの名前を口にしている。しばらくしてフェリクスがテントに帰ってきたが、そのときも同じだった。

「うなされているな。熱が高いのか。少し魔法陣を変更しよう」

そう言って、フェリクスが目の前でオレンジの淡い光を放って浮かぶ魔法陣を、手でサッと払いのけて消してしまう。その瞬間、うなされていたラウールがさらに苦悶《くもん》の表情を浮かべて言葉にならない声を発し始めた。

「あ、あのっ、フェリクスさん……これ、大丈夫なんですか？」

「ちょっと黙ってて。今やってる」

口元でなにやらステラにはわからない呪文を呟いたフェリクスが、ラウールの上で手の平をかざし、その手を左右に素早く払いのけた。するとさっきまでオレンジ色をしていた魔法陣が今度はブルーになっていた。よく見るとその魔法陣に書かれてある模様も少し違うようだ。

「よし、これでいい。少し時間はかかるが、熱を下げて苦痛を減らして傷も治せる」

それを聞いてステラもホッとする。さっきまで苦しそうな顔をしていたラウールも、今はただ眠っているように見えた。そしてうなされてタクミの名前を口にすることもなくなったようだ。

「ラウール、なにか言ってただろう？　聞いた？」

「あ、はい。聞きました」

「こいつのこんな姿を見るのは初めてだ。あのときも、ドラゴンに襲われている姿を見たのも初めてだし、魔法の詠唱が終わる前にステラは飛び出すし、こいつは噛まれるし……もうダメかと思った」

苦しそうな表情をしたフェリクスが、右手の平を額に当てて顔を半分隠した。周りの人たちはフェリクスが魔法の詠唱に入ったことを知っていたのだろう。だから無闇に飛びかからなかった。しかしステラは目の前で起きていることしか見ていなかった。

（戦闘経験がないってことはこういうことなんだ……）

ドギアスの言った言葉を思い出していた。

「タ……クミ……」

ラウールが再びタクミ、とうわ言を口にする。するとフェリクスがステラの方を向き、ほらね、とそんな顔をした。

「タクミってずっと言ってたんだ。誰かの名前なのかなと思って」

「そうですね。名前ですね」

ステラは微笑みながら、確実にラウールの中にコウの魂があることを確信する。なぜかと聞かれれば説明はできないが、ステラの中のタクミが教えてくれているのだ。

（コウの魂が目覚める。ラウールさんの中で……）

それがうれしくてしかたがなかった。胸の中がざわついて全身の毛が逆立つような、電気が走り抜けていくみたいな感覚だ。

——来世もまた拓実を見つける。

コウがそう言ってくれたのを忘れていないと、タクミの魂が教えてくれる。込み上げてくるこの感情はステラのものではなかった。

「コウ……やっと会えた」

ラウールの手を握りしめたまま、我慢できずに涙をあふれさせた。

「ステラは、タクミって人を知ってるようだね」

「……はい、知ってます。タクミは、僕の中にいますから」

そう言うと、フェリクスは少し不思議そうな顔をしたが、しつこくは聞いてこなかった。

だがステラはこの魂の出会いについてフェリクスには話しておこうと思い、船上でラウールに話した内容を、ゆっくりと説明し始めたのだった。

この話を眠っているラウールも聞いているのだろうかと思いながら話し終えたステラは、少しフェリクスの反応を窺った。

「なんだか突拍子もない話だけど、俺はステラの言うことなら信じるよ。それに二人の魂がステラとラウールにあるなんてさ……。二人が出会う前に俺が告白してても、きっとそれは叶《かな》わなかったのかなと思うと、ちょっと切ない」

上を向いたフェリクスがそっと目を閉じている。

「だって魂の繋《つな》がりで出会って結ばれることがもう決まっている相手を好きになった俺って、かわいそうだろ？」

苦笑いを浮かべたフェリクスがこちらを見てくる。ステラもどんな顔でなにを言えばいいのかわからなくて困ってしまう。

「でもその……僕はフェリクスさんのことを嫌いじゃないですし。むしろ尊敬しています。魔法のことも教えてもらったし、すごく真面目に誠実に、向き合ってくれたので」

「そっか。もうそれでいいや。俺がステラを好きになったのは、前に好きだった人と少し雰囲気が似てたからかもしれない。前の人を重ねてステラを好きなるのはあんまりよくなかったかも」

「そうだったんですか？　前の彼女か奥さんですか？　僕と似てたんですね」

「うん。女性じゃなくて男性ね。でも戦争で亡くなったんだ。これで俺も死んだら、生まれ変わって出会えるかもな」

「あ、男性の方だったんですね。ないとも限らないですよ。今ここで、僕たちの魂が再会しているんですから……」

ステラはラウールの手をぎゅっと握りしめ、眠るその人の顔を見つめる。するとその瞼《まぶた》がピクリと動き、ゆっくりと開かれた。

「ラ、ラウールさんっ、ラウールさん！　フェリクスさん！　ラウールさんが！」

「お、意識が戻ったか。おい、聞こえるか？　ラウール」

二人で呼びかけるとラウールの口が開き、なにかを言おうとしているのがわかる。しかし声が出ていない。焦点もどこか合っていないようだ。

（そうだ、水、水を！）

ベッドの脇に水の入ったポットがある。ステラはその横にあるグラスに水を注ぐために、ラウールの手を離そうとした。しかし逆にぎゅっと握られてしまう。

「あ、あの……お水を……」

「……いい、んだ」

掠れた弱々しく小さな声で言われ、ステラはポットに伸ばした手を戻し、再び両手でラウールの手を握りしめた。

「ごめんなさい……ラウールさん。ちゃんと言うことを聞けなくて、こんなひどい怪我をさせてしまいました。やっぱり僕は、足手まといにしかならないです……」

自分の顔を隠すようにして、握りしめた手を額に押し当てる。ここで泣いたら卑怯《ひきょう》なのはわかっている。しかし情けなくて悔しくて、それが涙になって瞳に溜まっていく。

「不意を、突かれた。……一匹だけだと、思っていたが、二匹目に、不意を、突かれたんだ。ステラの、せいじゃない」

「そうだ、二匹目が出たとき油断して腕を噛まれたのは、ラウールが悪い。でも制止を聞かないで飛びかかったのはステラが悪い。どっちもどっちだ」

フェリクスが深刻な話題を明るい声で言う。彼の目にはうっすらと涙が浮かんでいる。口ではまるで小言のように言っていても、ラウールを心配しているのは当然だ。

「ステラ、船の上で聞いた、あの話……私は信じる。私は……いや、俺は、会いたかった、タクミ……」

ステラの手を握りしめたラウールが、目尻からひと筋の涙を落としてそう言った。ステラは我慢できず、ラウールの手を握りしめたまま声を押し殺して泣いていた。

「気になってた、のは、ステラの中に……あった、魂の声だ。その声が、俺を呼んでた。

――来世もまた、タクミを見つける。俺はそう言った……」

苦しそうに言葉を切りながら、ラウールは話している。何度も手で涙を拭っても止めることはできなくて、目の前のラウールの顔がすぐに滲んでいく。

「コウ……見つけてくれるって言ってた。でも、見つけたのは僕が先だよ」

泣き笑いの顔を見せると、ラウールも苦しそうな表情をしつつも笑ってくれる。

「感動の再会か」

「フェリクス……お前、知って、た、のか？」

「いや、詳細を聞いたのはさっき。まあ夢物語のような話だったけど、目の前で再会劇をされちゃあ、信じるしかないよね」

「それより、どうして、魔法を撃つのが、遅れた……」

ラウールが気になっているのはどうやらそれのようだった。何度もフェリクスの名前を呼んでいたのはステラも知っている。

「あれはその、俺の魔法の選択ミスってのはあるかも……」

どういうことなのか、とステラがそんな顔をすると、フェリクスが説明してくれた。後方攻撃や前衛者の補助を担当するフェリクスは、その場の判断で魔法を選んで使用する。あのとき、フェリクスが選んだのは光の魔法。光に対象物を包み、異次元へと移動させる魔法だ。これは対象が一体あるいは二体のときに効果が発揮されるらしい。

「対象が消える代わりに、まあ魔法の詠唱が長いんだ。名前を呼ばれたときはもう詠唱を半分以上終えてた。だからそのまま続行した……」

「それはお前のミスだな……魔法の、選択ミス、だ」

「そうだな。お前に怪我をさせたのも、半分は俺のせいだ。ステラだけじゃない」

結局、ここにいるみんなが少しずつミスをしたということになる。だからといってステラの気持ちは軽くはならない。目の前で苦しんでいるのはラウールなのだから。

「僕、ラウールさんの中にコウの魂があるってずっと思ってたんです。リコッタ村で邸を開放して、絵画鑑賞をするっていう知らせを見て、その絵を見て胸がザワってしたんです」

そして街で偶然ラウールに危ないところを助けられた。ラウールの顔を見て、ステラは確信したのだ。

「でもそのときのラウールさんはまだ自分の中のコウに気づいていなくて、やっぱり違ってたのかなと思ったんです。なのに、ラウールさんが、うちを頻繁に訪ねてきて……」

「ああ、気になってたんだ。なにがどう、気になって、いたのか、わからなかったけど、とにかく、ステラに会いたいと、思ってた。不思議な感覚、だった」

傷口が痛むのか、ラウールが大きく息をついた。

「ラウール、少し休んだ方がいい。この状態ならしばらくはここを動けない。またドラゴンが来る可能性もあるから、周囲の警戒もしないとダメだから、その間はゆっくり休め」

「ああ……そう、する。眠る前に……お願いがある……」

側に来て、とステラに合図してくるので、言われた通りラウールの口元に耳を寄せる。

「キスをしてくれないか？」

予想外のお願いにステラはビクッとして体を硬直させる。目の前には瞳を潤ませつらそうな呼吸のラウールがいて、断ることもできなさそうだ。

「あ、あの……じゃあ、頬に……」

せめて、と思って提案したが、ラウールの指が自分の唇に伸びて「ここだ」と示してくる。じわっと顔が熱くなるのがわかった。すぐ隣にはフェリクスがいるのにと思ったが、キスをしたいと訴えるラウールの気持ちを優先することにした。

ゆっくりと顔を近づけて、ラウールの乾いた唇に自分の唇を押し当てる。触れた部分から電気でも流れたようにビリッとした。フェリクスの前でキスをするなんて恥ずかしいと思ったが、いざしてみるとそんな気持ちは消えていて、もっとラウールを感じたいという気持ちになる。これはタクミの思いなのか、それともステラの感情なのか……。

「これで、いい、ですか？」

「ああ、これで……ゆっくり休める……」

ラウールが息を吐くのと同時にそう言うと、スッと眠りに落ちていく。

「案外、ラウールも大胆だな」

「あ、でもその……ほら、ラウールさんも熱のせいってこともありますし……」

ステラは懸命に誤魔化《ごまか》そうとしたが、それは途中でやめておいた。誤魔化したところできっとフェリクスにはお見通しなのだ。

「これはラウールの中の魂が目覚めたことも関係してるんじゃないかな。まあ、大半は俺への牽制《けんせい》だと思うけど」

最後の方は不満げな口調で言いながら、フェリクスがラウールの体の上に手をかざし、今使っている魔法とは別の魔法陣を出した。

「二つ使いは魔法が干渉する可能性があるからあまりよくないんだが。でも早く傷を治すには荒療治も必要だ」

「これでラウールさんの傷、早く治りますか？」

心配そうな顔で聞くと、やさしく微笑んだフェリクスが静かに頷いた。

「さて、俺はこの周囲に魔法陣を敷いて、一体を見えないように目隠しするかな」

「そんなことできるんですか？」

「あんまり広いと無理だけど、周りのテントをできるだけ近くに移動させて、狭い範囲なら可能だ。初めからそれをしておけばよかったんだけど、こんなにすぐ見つかるとは思ってなかったからな」

ドラゴンの嗅覚《きゅうかく》を甘く見たかも、とフェリクスが苦々しい顔をする。ステラは握っていたラウールの手を離してそっとベッドに置き、フェリクスに向き直る。

「あの、その、僕にもお手伝いできませんか？」

今回の失態を挽回《ばんかい》したかった。ラウールの側にいることもできるが、ステラが側にいても傷が今すぐ回復することはない。

(目が覚めて、そのとき側にいないのは寂しいかもしれないけど……)

だがこの小隊でなにかひとつでも、自分が役に立てることがあるならと考えた。

「他の魔道士にも手伝ってもらうけど、ステラがやりたいって言うなら、いいよ」

「あ、ありがとうございます！」

立ち上がったステラはうれしさを目一杯の笑顔に込めた。

「あんまりそんなうれしそうな顔しないでほしいよ。俺はステラをさ…………ああ、もうっ」

「え？　どうしてですか？　なにか手伝えるなら、うれしいから……」

「そうだな。ステラはそんなヤツだよな」

フェリクスの言っている意味がいまひとつわからなかった。困ったように頭を掻《か》くフェリクスと一緒にテントを出た。魔法陣の設置作業に入るまで、フェリクスに「さっきのはどういう意味だったんですか？」と質問攻めにするのだった。

ラウールとスターリンの負傷により、隊は予定より長く小島に滞在することになった。幸いフェリクスの魔法がよく効いたおかげで、ラウールの怪我はみるみるよくなっていった。

「おはよう」

声をかけられて振り返ると、そこには顔色のよくなったラウールが立っている。あれから五日しか経っていないのに、もう立って歩けるなんてと驚いた。あまりにうれしくなったステラは、両手に抱えていた薪《たきぎ》を落とし、ラウールに駆け寄っていた。

「もう、立てるんですか！　顔色もいいですね。よかった……本当に、よかったです」

抱きつきたいのを我慢するように、胸の前で自分の手をギュッと握りしめる。みんなが後ろで見ているのを知っている。背後からは驚きや喜びの声が聞こえているのだ。

「フェリクスの魔法のおかげだな。そうじゃなかったら俺はきっと死んでたかも」

ラウールの視線が焚き火の前に座るフェリクスへと投げかけられた。それを受けたフェリクスは、照れくささを隠すように肩を竦《すく》めただけだ。

「なににしても、よくなって本当に……っ」

よかったです、と言おうとした言葉は喉の奥で止まってしまった。人目も憚《はばか》らずステラを抱きしめてきたのである。

「あ、あの……ラ、ラウール、さん……？」

「俺の中にもうひとつの魂がある。こんな気持ちなんだな。コウは、どれほどタクミを愛していたのか、今すごくわかるんだよ」

「ラウールさん……。僕、あなたでよかったたって思ってます……。だって、ステラの魂はラウールさんを好きになっていたから」

感動のあまりにステラは思わず自分の気持ちを告白していた。ステラを抱きしめるラウールの腕がピクッと反応したので、そこで自分の言ったことに気づく。

「あ、あのっ……えっと……っ」

慌ててラウールの腕から逃れようとしたが、彼は離してくれなかった。

「聞き逃すと思うか？　この私が」

耳元でラウールの甘いささやき声が聞こえる。周りにいる人の視線を感じてはいたが、ステラは諦めて彼の背中に腕を回した。

その後、焚き火を囲むメンバーに加わった二人は、みんなから質問攻めにされるのだった。

フェリクスのおかげでラウールの怪我がよくなり、体力も回復した。魔法の力はすごいということをステラは改めて思い知らされる。そして使う魔法の種類を選び間違えば、仲間を危機に追いやることもあるのだと勉強させられた。

（フェリクスさんでさえ、場面に応じて魔法を出すのが大変なのに、僕が数日でできるわけがなかった）

飛び出すな、来るな、と制止の言葉を受けて動きを止めることができなかったのだから、本当に普通の村人がこの隊にいるのと同じなんだと肝に銘じる。

（僕はラウールさんの温情でここに連れてこられただけだ。剣の練習だってきっと僕をがっかりさせないためだろう）

テントを畳み、周囲ではみな出発の荷造りをしている。これからいくつかのグループに分かれて小舟に乗り、本島、ベロリア島に乗り込む。そこにはラウールを襲ったドラゴンたちがたくさんいるのに、この人数で一掃できるのかと不安になった。

「怖いか？」

荷造りの手が止まってしまったステラに、ラウールが声をかけてくる。

「それは……怖いです。自分が死ぬことよりも、僕が原因で誰かが傷つくことが、怖いです。だから、そういう場面になったら、僕のことは気にしないでください。庇ったり無理に助けたり、しないでほしいんです」

もう二度と傷ついたラウールを見たくはない。熱に浮かされ痛みに耐えている顔を見ているのは苦しかった。彼の美しい金髪もあのときばかりは輝くこともなく、澄んだ空色の瞳も苦しさに滲んでいた。

「そうだな、と私が言うと思っているのか？　ステラは私が守る、そう言っただろう？　あれは嘘《うそ》じゃないし、この先も変わらない。なにより、タクミを見捨てるなんてコウが許さない」

ラウールがステラと同じ目線にしゃがんできた。まるで子供にするかのように頭をくしゃっと撫でられ、スッと顎に指をかけられたかと思うと顔を上げさせられる。そして不意打ちのように額にキスをされてしまった。

「……っ！　ラ、ラウールさん！」

他の人がすぐ隣にいるのに、なにをしてくれるのだと抗議する。

「悪いな。今のは私じゃない。コウがそうしたいって言ってたんだ」

ふふふ、とまるで子供がいたずらが成功したときのように笑い、サッと立ち上がって行ってしまう。ステラはキスをされた額を手で押さえ、顔が熱くなるのを止められないのだった。

ドラゴンは夜行性で昼間の時間帯は眠っているため、目覚めても動きが鈍い。その隙を突いての本島に上陸する作戦である。戦闘に慣れている隊の人たちの足手まといにならないようにと、ステラは思っていた。

フェリクスをはじめとする魔道士。ラウールの隊の剣術に長《た》けた精鋭。そして後方攻撃を得意とする弓使い。人数は少ないがリシトロン銃という銃を使う銃撃部隊もいるという。小隊が半分になってしまって心細いところはあるし、不意を突かれてしまえば数日前のようなことが起こるかもしれない。だが一人一人が一個小隊の実力があると聞けば少しは安心だった。

「上陸してすぐ、俺がサーチ魔法を飛ばす。だからしばらく待っててくれよ」

荷造りを終えたのか、フェリクスがやってきてそんな声かけをしてくる。

「わかっている。それはみんな知っているから念押しするな」

サーチ魔法とはなんなのだろうか。知らないのはステラだけのようだ。気になった顔をしていると……。

「サーチ魔法ってのは、俺のいる場所から一定範囲で周囲の状況を見ることができる便利な魔法だ」

ステラの気持ちを察してか、フェリクスが教えてくれる。

「だったら拠点でそれを使えばいいじゃないか」

すかさずラウールが突っ込みを入れてくる。ムッとしたフェリクスがラウールの顔の前に指を立てた。

「聞いてたか？　俺のいる場所から一定範囲しか使えないんだよ」

「なんだ、使えない魔法なのか」

冗談ぽくラウールが返答する。二人のかけ合いを見ていると、今からドラゴンと死闘が繰り広げられるなんて信じがたい雰囲気である。

「ステラ、もうこいつがピンチのときには飛び出さなくていいからな」

無表情な顔でステラの耳の近くで手を立て、コソコソとそんな耳打ちをしてきた。

「聞こえてるぞ、フェリクス」

「ちっ。それじゃ俺は魔道士メンバーと作戦会議してくる。ステラはよろしく」

「お前に言われなくても、ステラは私が守るから心配無用だ」

すぐ横にいるステラの肩を、ラウールがまるで大事なものを盗られまいとするかのように引き寄せてくる。

「おーおー、お熱いことで」

唇を尖《とが》らせて、まるで子供が言うような口調でそう言ったフェリクスは行ってしまう。二人はこうして互いに憎まれ口を利くが、それがどれほどの信頼かということをステラは知っている。だから二人の会話を聞いていると羨ましくなってしまう。

「どうした？」

「あ、いや、お二人は仲がいいんだなと思って。ちょっと羨ましくなりました。僕にはそういう友人はもういないので……」

リコッタ村や隣村にも友達はいた。しかし今は誰もいない。あのときラウールの絵画が公開されると教えてくれた彼女たちも、もういないのだ。

「あ、すみません。士気が下がるようなことを言ってしまって……」

「いいんだ。大切な者を失ったのだから、しかたがない。それから、フェリクスとはそんなに仲がいいわけでもない」

後半はムッとしたような口調で言うので、ステラは思わず吹き出してしまった。なぜ笑う？　とすぐラウールに聞き返される。

「いいえ、そういう感じで相手のことを言えるのは、仲がよくないと角が立つでしょう？　それが言えるのだから羨ましいって思うんです」

「ま、戦闘面においては最高のパートナーだ。不意打ちのときは危なかったけどな」

「今度はちゃんとラウールさんの言葉を聞いて動きますから。独断で判断して飛びかかってもダメだって知りました」

　あはは、と情けない顔で笑うと、ラウールが頭を撫でてくれる。この仕草をステラは知っていた。

（頭を撫でられるの、懐かしい感じ。これ、タクミがコウにされてたんだ。もしかしてそれをわかってて、ラウールさんやってるのかな？）

　そんな気持ちが顔に出ていたのか「どうした？」と聞かれてしまった。

「あ、いえ、気合いを入れて行かなくちゃと思いまして……」

「そうだな。最低でも怪我をしないで生きて帰ること。私が言えた義理ではないが。その上でドラゴンのボス……別名レッドサラマンダーを倒せるなら一番いい結果だな」

「レッドサラマンダー……そんな名前があるんですか。ちょっと怖いですね……」

　緊張感が高まり、ステラは腰に差した剣のグリップをグッと握る。するとラウールがその手をそっと摑んできた。

「あまり気負いすぎるなよ。周りが見えなくなる。戦闘経験がないのだから、気負ってパニックになったら終わりだ。いいな？」

「はいっ」

　これまでで一番いい返事をすると、緊張感に満ちていた真剣な表情のラウールの顔がフッとやさしく微笑んだのだった。

そして上陸作戦が始まる。岩場の多い場所に小舟で近づくが、辺りはシンと静まりかえっていて、この島にドラゴンがいるとは思えないほどである。波の音以外なにも聞こえないのは不気味だった。

ステラたちが上陸した側は砂浜のない岩場だ。崖《がけ》のようなところを上ると、その奥は森になっている。おそらくその森の中にドラゴンたちが生息しているのだろう。

風に乗って鼻を刺すような独特の、嗅いだことのない臭いが漂ってきた。ドラゴンの排《はい》泄《せつ》物の臭いだろうか。風に乗ってくるほどということは、相当数いると思った方がいいかもしれない。そう考えたステラは、緊張のあまり腰の剣を無意識に握りしめていた。

(いよいよだ。両親を殺した仇を討てる。これでみんなの仇を……)

すべての兵士が本島に上陸し、岩陰に身を隠した。そしてすぐにフェリクスの魔法が音もなく発動する。浮かび上がった白い光の魔法陣が、まるで鳥のように右に左に飛び回り、空高く消えていく。その間中、フェリクスの目はずっと真っ白になっていてステラをギョッとさせた。

(どういう魔法なんだろう。サーチってことは探すんだよな？　どうやって探してるのかな？)

想像もできない魔法に少しワクワクしている。サーチは三十分くらいで終わり、フェリクスの瞳に黒目が戻ってきた。ふう、と大きく息を吐いたフェリクスが顔を上げる。

「どうだった？」

　ラウールがフェリクスに小声で尋ねた。

「島の全体は見えた。あとほとんどのドラゴンは森の中だろう。上から見た感じではドラゴンの姿は確認できなかった。岩場から続く森は南東方向に広がっていて、風下の北側から行けば見つかりにくいだろうな」

「そうか。位置関係がそれだけわかると助かる」

　フェリクスの情報を得て、ラウールが他の面々に作戦を伝える。今回はドラゴンが寝ている間に奇襲をかける作戦ようだ。森の中に入れば、どの辺りに敵がいるのかわからないし、戦闘がどんな感じなのかもステラは知らない。不安は積もるばかりだった。

「よし、先発隊、行くぞ」

　ラウールが声をかけると、選ばれた先発隊が立ち上がる。ステラもそれについていこうとしたが、ラウールに制止された。

「ステラはフェリクスと一緒に、後発隊の後方攻撃と支援を頼む。もし危険が迫れば、その剣でフェリクスたちを守ってほしい。私は大丈夫だ」

「で、でも……っ」

　ラウールの手がステラの手を強く摑んだ。彼の瞳は真剣で、本心から頼んでいるのだとわかった。ステラはラウールを信じ、その瞳を真っ直ぐ見つめ、唇を噛みしめて頷く。

「行ってくる」

ステラの手を摑んでいたラウールが離れていく。先発隊に声をかけ、ラウールたちが森に入っていく。その後ろ姿を見送り、まだラウールの温もりが残っている自分の手を握りしめた。

「大丈夫だ。合図があれば俺たちも行くんだから」

不安そうな顔をしているステラを励ますように、フェリクスが声をかけてくれる。

「……はい」

どうにか笑顔を作って返事をしたが、ステラの不安は消えることはなかった。フェリクスたちと後方支援の方法を話している間も、ステラの意識はずっとラウールのことばかりが気になっていて、あまり頭に入ってこなかった。

「ステラはできるだけ護衛の人の後ろにいて。それから、これをつけて」

フェリクスに黄色い石のついたブレスレットを手首につけられた。

「これは？」

「俺が魔法の力を込めて作ったブレスレット。船の上で月の力を溜めてると言っただろ？それを石の結晶にしたんだ。いざってときにステラを守ってくれる」

「すごい。フェリクスさんってなんでもできるんですね」

ステラの言葉に気持ちよくなったフェリクスが得意げな顔をする。

「俺のこと、好きになっちゃった？」

冗談ぽくそう言われたが、それに対してステラはイエスともノーとも言わず、ただニッコリと笑うのだった。

「ま、そうだよな。このブレスレットは命の危機が迫ったときに、敵の顔に向けて投げればいい。一瞬だけど強い光を放って目くらましをしてくれる」

「じゃあ、投げたら僕も見ない方がいいんですね」

ふんふん、と納得しながらフェリクスにブレスレットをつけてもらった。いざというときが来なければいいけど、と内心そう思う。

ラウールたちが森に入ってどのくらい経ったのか「パンッ、パンッ！」とリシトロン銃の音が響き渡った。その音と同時に、森にいた鳥たちが一斉に飛び立っていく。

「よし、合図だ。行くぞ！」

フェリクスのかけ声でステラも一緒に森の中へと入っていく。外から見ていた雰囲気と、森の中の感じは全く違っていた。木々が陽の光を遮るようにして覆い被さっており、昼間なのにかなり薄暗いのだ。

そして大きな木の根元にドラゴンの巣のようなものがいくつもある。人が入ってきたことでドラゴンたちは騒ぎだし、リシトロン銃の音で興奮気味に目を光らせている。

「こんなにいるのか……」

ドラゴンは小さいものはステラと同じくらいだが、中にはステラの住んでいた家よりも遙《はる》かに大きなドラゴンもいた。彼らの皮膚は濃い褐色で、暗い森の中では保護色になっているようだ。

飛びかかってくるドラゴンの攻撃を上手く避《よ》け、体の下に滑り込んだラウールが、やわらかい腹の肉部分に剣を突き立てる。ドラゴンの断末魔の声が耳の鼓膜を破らんばかりに聞こえ、ゆっくりと地面に倒れ込んでいった。他の隊のメンバーがドラゴンの首に剣を当ててトドメを差す。

（苦しませないため、なのかな）

ステラはそんなことを考える。ドラゴンにも家族はいるだろうし、生きていくためには食べなければいけない。きっと自然のバランスがどこかで崩れて数が増えすぎ、ドラゴンは人を襲うようになってしまったのかもしれない。それを考えると切なくもなるが、だからといって自分の友人や両親、村の人たちが死んでもしかたがないとは思えない。

「どうしたらいいんだろう……」

目の前で倒れていくドラゴンを見ながらステラは呟いた。

そしてこのドラゴンたちをまとめるのが、リーダー格のレッドサラマンダーだ。海を航行する船が数回だけ空を飛んでいるのを目撃したことがあるというくらいで、どれほど巨大で凶暴なのかは誰も知らないという。

　前衛隊が複数のドラゴンと戦い、数体ほどすでに倒している。負傷したドラゴンを見た仲間たちが、戦意を喪失して逃げていくのが見えた。

「ラウールさんたちが押してますね。みなさんすごい……」

　それなのになぜ後発の支援攻撃部隊を呼んだのだろう、とステラは思った。この調子なら、誰も怪我をしないであっさりと討伐が終わりそうだと思っていたのだ。

「来たぞ」

　フェリクスが森の奥の方を睨《にら》みつけて呟いた。暗い森の奥から、尋常でない恐怖が迫ってくるのがわかる。シューシューと空気の吹き出すような音が聞こえ、次第に足元から振動が伝わってくるのがわかった。

「これって……」

　ステラは息を呑んだ。前衛隊が戦っていたドラゴンがその気配を感じて木々の間に隠れていくのがわかる。同じ種でさえも恐れる相手が来たということだ。

「こいつが親玉か……」

　頬を引き攣らせながら笑うフェリクスが呟く。目の前に現れたのは、レッドサラマンダーの名の通り暗い森の中でもわかるほど真っ赤な体をしていた。その瞳は金色に光り、こちらを威嚇《いかく》するように雄叫びを上げた。

「うわっ！」

サラマンダーの信じられないくらいに大きな鳴き声に、ステラは思わず両手で自分の耳を塞《ふさ》ぐ。前衛隊が陣を組み始める。そしてフェリクスの合図で後衛部隊も準備に入っているようだった。しかしステラはただただ凶悪なほどの大きさと恐怖に圧倒され、その場で座り込んで動けなかった。

「こっちだ」

フェリクスに腕を摑まれるが立てなくて、そのまま引きずられるように木の陰に連れていかれた。

「あ、あ、あんなの……た、倒せるん、です、か……」

あまりの恐怖で奥歯がガタガタ鳴っていた。これまでに見たドラゴンとは全く異質の生き物が目の前にいるようだった。

赤い体と黄色い目、顔の周りや腕や背中に棘《とげ》のようなものがいくつもあり、少し動くだけで鱗《うろこ》の軋む音が聞こえ不気味さが増す。手足には鋭い爪が光り、なによりも恐ろしいのは太く長い尻尾と大きく開いた口から見える牙だった。

（あの尻尾で打たれたら、きっと終わりだ……。それに牙もすごい……）

ここに来るまでは両親の仇討ちだと意気込んでいたのに、そんな気持ちはサラマンダーを前に一気に萎《しぼ》んでいた。こんな恐ろしい相手に怯まないなんて、ラウールや前衛隊の面々はやはり戦士なのだなとステラは思った。

「ラウールを見ろ。前衛隊はみんな戦意を失っていない。だから俺たちもできるだけのことをする」

そう言ったフェリクスが魔法の呪文を口にし始める。それは周囲の魔道士も同じだった。前衛隊一人一人の足元に白い光が現れ、光の障壁ができあがる。一人、また一人と同じ現象が続く。ピンク色の魔法陣が前衛隊の上に飛んでいき、そこからキラキラと光る星のシャワーのようなものが降り注いだ。

様々な魔法が前衛隊にかけられていく。ステラにはなにが起きているのか全くわからなかった。だが魔道士の面々はラウールたちに次々と魔法をかけていく。しかしそれを最後まで待ってくれるようなサラマンダーではなかった。ひときわ大きく吠《ほ》えたかと思うと、尻を左右に振りものすごいスピードで尻尾打撃を仕掛けてきたのだ。

「回避！」

ラウールの声が響く。前衛隊はそれぞれ素早く尻尾の攻撃を避ける。ブゥン……と空を切る重い音が聞こえ、その数秒後に木々を揺らす風圧がステラのいる場所まで届いた。

（あんなのをまともに食らったら、即死だよ……）

尻尾のひと振りでそうなのだ。一体どうやってこいつを倒すというのか。ラウールが再び合図を送ると、前衛隊が一斉に斬りかかる。しかも人とは思えぬ早さでサラマンダーの脇を駆け抜け、それと同時に切り込んでいく。

「早い……」

「そりゃそうさ。エクシードがかかっているからな。通常の十倍のスピードで動くことができる。ヤツもそのスピードにはついていけないさ」

フェリクスが戦っているみんなの方へ両手を伸ばしたまま説明してくれる。その額には汗が滲んでいた。他の魔道士たちも同じだ。魔法を維持し続けることがどれだけ大変か、みんなを見ていればわかる。

（僕はここに来て、ここにいて、一体なにができるんだ？　魔法も剣も中途半端で、ラウールさんの同情だけで連れてこられた僕に……）

この気持ちはステラだけのものではない。タクミも同じように感じていたことがあった。どんなに頑張っても報われない現実。もどかしさと悔しさと切なさを感じていたのだ。

（同じだな……）

ステラは喉元のシャツをグッと摑み、せめて足手まといにならないように気を張った。後衛の周りにはそれを護衛する剣士がいる。小物たちがフェリクスたちを襲ってきたときは、彼らがそれを排除していくのだ。

足元を前衛に切りつけられていたサラマンダーが、喉の辺りをググと膨らませていく。なにが起こるのかと身構えると、ものすごい勢いで火炎を吐いたのだ。

「まずい！　ライル！　カイル！　前衛後方にサンクチュアリ展開！」

フェリクスの焦ったような声が聞こえる。その声に反応した双子の魔道士が前衛の後ろに向かって手を伸ばし、同時に呪文を唱えた。

前衛の前に吐き出された火炎は瞬く間に大地を焼く。後方二箇所に同時に展開したサンクチュアリ。地面が薄いピンク色に輝き、火傷《やけど》を負った兵士がその中に入ると傷が回復しているようだった。

ステラにはなにがどうなっているのかわからない。

サラマンダーが自ら吐いた火炎で、森が燃え始める。その炎から逃げるように、他のドラゴンたちが散っていくのがわかった。

しかし前衛はサンクチュアリの光の絨毯《じゅうたん》の上におり、炎のダメージが瞬間的に回復していくのが見られる。本当に魔法なんだ、とステラは思う。

ラウールの重篤な傷を治したのも魔法だが、軽傷ならこんなにもたやすく回復するのかと驚くばかりだった。

「あいつ、自分の塒《ねぐら》を燃やし尽くす気か！」

フェリクスが吐き捨てるように言う。確かに、自分たちの巣があるこの森をサラマンダーは自ら消そうとしている。

サラマンダーとの戦闘は、一進一退を極めた。強靭《きょうじん》な前足で物理攻撃を仕掛けてくるサラマンダーだったが、それをラウールが自らの剣で受け止める。

「お前の攻撃は、短絡的なんだ！」

尻尾の攻撃を避けたラウールが、次の瞬間サラマンダーの懐へ滑り込んでいくのがわかった。腹に目がけて剣を突き立てている。しかし全身が硬い鎧《よろい》のような皮膚で覆われているサラマンダーに、これまでの攻撃は通用しない。

「ダメか……っ」

サラマンダーの後方に回ったラウールが、再び攻撃態勢に入る。そのとき、まるでなにかの合図のように咆哮《ほうこう》を上げたサラマンダーが、自分の喉の下辺りにエネルギーを溜め始めたのがわかった。

「前衛！　もっと下がるんだ！　ヤツがなにかしようとしている！」

フェリクスがそう叫ぶが、サラマンダーの後方にいるラウールには届いていないようだった。前衛陣が一気に後方のすぐ近くまで下がってくる。するとサラマンダーがなにを思ったか、ステラたちのいる場所ではなく、クルリと方向を変え、ラウールの方を向いたのである。

「ラウールさん！　逃げてください！」

なにかをしようとしているサラマンダーは、ラウールだけを狙《ねら》いに行っているのがわかった。ステラは力の限り叫んだが、その声も届いていないようだ。

（どうすればいい。なにをすればいい。僕になにができる？）

叫ぶ以外になにができるかと必死に考える。隣ではフェリクスが魔法の呪文を口にし始めた。地面に向けて手をかざし、その手の下には白く光る魔法陣が宙に浮いたままくるくると回っている。なにか大きな魔法の詠唱中なのだろうか。

他の後衛陣は前衛の傷の回復や、次に攻撃に出るための支援をしている。

（どうしよう。あのときと同じになるかもしれない……）

止まれと言われて止まれずに飛び出し、ラウールに怪我を負わせてしまった。もうあんな状況にだけはならないと誓ったのに、今ステラはラウールのところへ走り出そうとしている。

ステラは自分の手首を握った。そこにはフェリクスからもらったブレスレットがある。これを使えれば、時間を稼げるのではないかと考える。

チラリとフェリクスを見やった。彼は額に汗を浮かべながら、長い魔法の呪文を口にしている。今は声をかけてはだめだろう。

「僕しかいない……」

辺りには炎の熱さと煙が立ちこめ、よく見えない状況になっている。ステラは木陰で立ち上がり、燃えさかる森の火を避け、煙に身を隠しながらラウールのいる方へと向かう。

サラマンダーの喉元は真っ赤に光って膨らんでおり、今すぐにでも破裂しそうな感じだった。ラウールは体勢を立て直し、剣を構えている。

ステラは自分の剣を抜き、その切っ先をサラマンダーに向けた。足も手も恐怖で震えている。自分より何倍も大きなドラゴンを目の前にしているのだから当たり前だ。そして一歩踏み込んで、サラマンダーの足を目がけて剣を振り下ろす。

「うっ！」

まるで鉄を切ったかのような感触で、ステラの握っている剣はキン！　と弾き返されてしまう。しかしそれでサラマンダーの注意がステラの方を向く。

「ステラ！　そこにいちゃダメだ！」

ラウールが叫んだ。

サラマンダーの大きな口がガバッと開き、その奥に血の色にも似た真っ赤な玉がさらに膨らんでいくのが見える。ステラは自分の手首のブレスレットを引きちぎり、サラマンダー目がけて投げつけた。

ブレスレットの石がサラマンダーの大きな牙に当たって弾ける。その瞬間、真っ白な光となにもかもを吹き飛ばしてしまいそうなものすごい風がその光の球から発生した。目を開けていられない。ステラは自らの腕で光と風を遮る。

白い光で目くらましを受けたサラマンダーが、両手で自分の目を覆い暴れ始めた。ステラは光を見ないよう、ラウールのいる場所まで駆けつけた。

ていた。

「無茶なことを……！」

「ごめんなさい。でも、今のうちにフェリクスさんのいる場所まで行きましょう！」

ステラがそう言うと、ラウールは僅《わず》かに笑みを浮かべ頷いてくれた。不意を突かれたサラマンダーは、おそらくエネルギー的ななにかを口から発射しようとしたのだろうが、ステラの目くらましでタイミングを逸し、咆哮を上げた瞬間、空に向かってそれを吐き出していた。

火の玉のような塊が空に打ち上げられ、ものすごいスピードで雲の合間を登っていく。そして上空で弾けた火の玉が、まるで雨のように降り注いできた。

「まずい、このままではみな焼け死ぬぞ」

フェリクスのもとに戻ってきたステラとラウールの顔は、煤で黒くなっている。ステラは自分の頬を手の甲で拭う。汗と煤が混じった黒い汚れが手にべったりとついた。

「今、障壁を作るので待ってください」

双子の魔道士ライルとカイルがステラたちの近くにやってきた。呪文を口にして手の平をステラたちの方へと翳《かざ》す。なにかが現れたり光ったりはしなかったが、空から降ってくる火の粉が、ステラたちの少し上の方で弾けて消えていくのがわかる。

「これって、どうなってるの……？」

「僕たちが魔法で障壁を作っているんです。だからこの中にいれば、どんなものも避けられますよ」

「でも長くは持たないし、強い衝撃で消えてしまうから、今みたいに火の粉なんかは当たらないけど、剣で切りつけるとすぐ消えてしまいます」

双子が交互にそう説明してくる。その間もフェリクスはなにかの呪文を口にしていて、会話はできていない。

「隊長、フェリクスさんが星を使うと言ってました」

「ああ、わかっている」

ラウールが未だ暴れるサラマンダーを見やった。

「ヤツの目もそろそろ元に戻る頃合いだな。ステラが時間稼ぎをしてくれたおかげで、次の一撃で倒せるだろう」

サラマンダーが放った火の玉の火の粉が降り止《や》んでいく。それとともに魔法障壁が消え、辺りに立ちこめていた煙がステラたちの周りに纏《まと》わりついた。

燃えていた周囲の木々は、ステラの投げたブレスレットから出た強風でほとんどが吹き消えていて、今は白い煙を立ち上らせて燻《くすぶ》っている。そんな中サラマンダーは両手で目を覆って暴れまくっていたが、それもどうやらおしまいのようだ。地を這うような恐ろしい咆哮が聞こえ、こちらを目がけて歩いてくるのが見える。

「ステラ、みんなの仇を討ってやる。私が流星の騎士と呼ばれる由縁を見せてやれるぞ」

ステラの方を向いてニヤリと微笑んだラウールが剣を抜き、ステラたちのいる場所から静かに離れていく。一体、今からなにが起きるのかと期待もあるが、もしもこれで倒せなかったらという怖さもあった。

サラマンダーの正面に立ったラウールが剣を構えている。そしてこれまでずっと長い呪文を唱えていたフェリクスも立ち上がり、宙に浮いた魔法陣とともにラウールの側まで歩いていく。

「ステラの機転がなければどうしてたんだ？　私がいなければそれは使えないぞ、フェリクス」

「お前ならなんとかすると思ってたさ。ラウール」

詠唱が終わったフェリクスがラウールに返答している。これからなにかが起こるのだ。それだけはステラにもわかった。

「ステラさん、あの二人から離れた方がいいので、こちらに」

双子の魔道士に促されて、ステラは二人のいる場所からかなり離れた大きな岩の陰まで移動する。辺りの木々は燃え落ち、かなり見通しのいい状態になっていた。

「なにが起こるんですか……？」

「見ていればわかります。僕たちも目にするのは今回が二度目です」

「ワクワクするよね」

茶色い髪で右分けの、兄か弟かわからない方がそんなことを口にする。

「バカ、あの魔法がどれほど強大か知っているだろ？　全力で撃ったらこの島なんて吹き飛ぶんだから」

　左分けの髪のもう一人がそう言い、二人の会話を聞いていたステラはゾッとする。そんな強力な魔法をこれから撃ち出そうというのだ。しかし相手はあのサラマンダー。きっとそれくらい強い魔法でないと倒せないのだろう。

　サラマンダーと二人のいる距離が縮まっていく。そしてラウールが剣の構えを変えた。左手を前へ伸ばし、切っ先を手の平に載せているように見える。腰を落とし剣を握る右手の肘《ひじ》をグッと上げた。

　そしてそのときはやってくる。昼間だった空が二人のいる頭上からものすごい早さで夜に変わり、その空には無数の星が瞬き始めたのだ。

「え、夜になった……」

　ステラがそう言って空を見上げたとき、その星たちがスス……と一箇所に集まり、フェリクスの掲げた魔法陣に下りて集まったのだ。星の光は強く、眩しくて直視できないほどだった。その光が集まった魔法陣がラウールの剣に吸い込まれていく。

「準備はいいぞ」

　フェリクスがラウールの肩に手を載せた。それを合図に、ラウールが地面を蹴ってサラマンダーの方へと突進していく。ラウールの持つ剣は白い光に包まれており、振り上げると切っ先が残像を描いた。辺りにはキィィンという、耳の奥が痛くなるような音が聞こえている。

そしてラウールとサラマンダーが激突した。ラウールの剣から無数の光の粒が弾け飛び、その粒のひとつひとつがサラマンダーを攻撃する。弾けた光の粒がサラマンダーの強靱な鱗を突き破ってめり込んでいく。

その痛みに咆哮し、鋭い爪の生えた前足を振り上げたサラマンダー。しかし振り下ろした先にラウールはいない。俊敏に動いていたサラマンダーの動きがゆっくりになっているのだ。

「どうなってるんだ……？」

ステラは思わず呟いていた。

ラウールが剣で切りつけるごとに、サラマンダーの動きが緩やかになっていく。それはステラのいる場所からでもわかるほどだった。

ラウールが動きを止め、力を溜めるように剣を上へと掲げた。ステラは釣られるように剣先のその上を見やる。上空にはこれまで見たこともない大きな魔法陣が広がっていたのだ。

「空を、覆っている……」

「降ってくるよ」

双子の魔道士が声を揃えて教えてくれる。なにが？　とステラは聞かなかった。その答えはすぐ目の前で起こったからだ。ラウールが剣を振り下ろしたと同時に、サラマンダーの上に無数の白い光が筋状になって雨のように降り注いだのだ。

その白い光はまるで流星のようにいくつもいくつもサラマンダーの体を貫通し、ドスドスと爆音を立てて土煙が立ちこめる。地面にはいくつもの穴ができていた。あまりにもすごい光景に、ステラは両手で口を押さえたまま固まっている。流星の騎士と呼ばれる由縁を、ステラは今、目の当たりにしていた。

そしてこの光景をどこかで見たことがあるとステラは考えていた。あのとき、タクミとコウは二人で流星を見ていた。空一面を埋め尽くす流星の中で抱き合い空を見上げ……。

ステラは目の前の光景を見ながら、体が震えるほどの感動に涙が止まらなくなっていた。流星の中でコウと離れればなれになり、しかし違う世界でまた巡り会えたことの幸福と喜びを噛みしめる。

どのくらい時間が過ぎたのか、すべての流星が降り注いだあと、サラマンダーは静かにゆっくりとその巨体を地面に横たえていった。

「終わった……？」

サラマンダーが地面に沈んで地響きが聞こえ、それが静かになって周囲の土煙も落ち着

いたとき、岩陰に隠れていた面々が姿を見せる。

「隊長！」

ラウールの部下が駆け寄り「やりましたね！」と声をかけている。フェリクスの周りにも他の魔道士たちが集まり、口々に「さすがです！」と二人の功績を賞賛していた。ステラは少し遅れて二人の近くに歩み寄った。

彼らの背後にはサラマンダーの亡骸《なきがら》が横たわっている。本当に死んだのだろうか？　とその顔を覗き込んだとき、閉じていた目がカッと見開き、口をガバッと開けたのだ。

「ラウールさん！」

ステラが叫ぶ。その声に俊敏に反応したラウールが振り返り、サラマンダーの鼻先に剣を振り下ろすが、僅かに躱《かわ》されその剣は牙に当たる。ガキンッと嫌な音がしてラウールの剣が折れ、その折れた刃先がクルクルと回転しながら飛んでいくのが見えた。油断をしていた他の兵は剣を抜くタイミングが遅れる。

サラマンダーの牙がラウールを狙うのが、まるでスローモーションのように見える。前のようにラウールを助けたいと思ったステラは、叫びながら走っていた。

「させない！」

剣を振り上げ地面を蹴った瞬間、ステラの体は人が飛べるような高さではないくらいに宙へ舞い上がった。そしてサラマンダーの眉間を目がけてその剣を突き立てたのである。

鋼鉄のように硬いサラマンダーの表皮を易々《やすやす》と突き破り、ステラの剣は眉間に刺さったのだ。

信じられない出来事が一瞬で起こった。それはまるで自分以外の力が働いたように思え、ステラも自身の行動に驚いている。剣から手を離して地面に飛び降り、すぐに距離を取った。周りの人たちは呆気《あっけ》に取られていて、それはラウールやフェリクスも同じようだ。

眉間に剣が貫き突き刺さったまま、今度こそサラマンダーの目から命が消えるのをステラは見ていた。

「ステラ……今の、すごかったな」

フェリクスが驚いた顔でそう言って、サラマンダーが本当に死んでいるか確認している。

「あ、なんか体が反射的に動いたんです。これまで、ラウールさんが特訓してくれたおかげかもしれないです」

自分の中でステラ自身にもわからない、何者かの力が働いたことはわかっている。しかしそれがなんなのかはわからなかった。

(もしかして、タクミかな？　僕のことを助けてくれた？)

ステラの中にあるタクミの魂が力をくれたような、そんな気がしていた。

「それ、ステラの持っている魔法の力だよ」

フェリクスが教えてくれる。しかしステラに魔法は使えないはずだ。それなのにどうしてそんなことを言うのかと、首を傾げる。

「人はそれぞれ魔法の核を持って生まれてくる。その魔法が絶対に使えるものではないし、消えてしまう人が大半だ。ステラは魔法判定のときに風が出ただろう？　もしかしてその力が無意識に働いたんじゃないかな？」

確かに、フェリクスに魔法判定をしてもらったとき、足元から風が吹き上がったのを覚えている。もしそうだとしたら、魔法の訓練をしてくれてよかったのかもしれない。

「僕の風の魔法……ですか？」

「うん。魔道士の素質があるかもしれないな」

フェリクスの言葉を聞いて、ラウールも他の面々も驚いた顔をしている。しかし一番驚いたのはステラ本人である。

「魔道士の素質……僕に？」

「帰ったら俺が特訓してやろうか？」

ニヤニヤしながらフェリクスがステラの肩に腕を回し、得意げに言ってくる。しかしフェリクスの腕を真顔で外してきたのはラウールだった。

「これで二度も助けられたな」

今度はラウールに肩を組まれて言われた。正直うれしかった。なにもできず、足手まといかもしれないと思っていた自分が、ラウールに迷惑ばかりかけていた自分が、無茶をしたかもしれないが愛する人を助けることができた。偶然かもしれないし、なんらかの力が働いた可能性もある。それでも結果的にはラウールの力になれた。それがうれしかった。

「僕は、ずっとラウールさんに助けてもらっているので、少しでもお返しができて、よかった……」

ステラが謙虚な言葉を口にすると、ラウールにぎゅっと抱きしめられた。

「少しなんかじゃないさ。人の命を助けるというのはすごいことだ。誰にでも簡単にできることじゃない。だから……ありがとう」

耳元で聞こえるラウールの声はやさしくて、心に染みてくる言葉に胸が震える。

「なあ、二人で感動していないで、そろそろ撤収しようぜ？」

ステラとラウールだけの時間が流れていたのに、フェリクスの手が肩を叩きその雰囲気を壊してくる。

「おい、少しは気を遣え。見ろ、あいつらはもう勝手に撤収してるぞ」

部隊のほとんどが現場から撤収し始めている。すると一人の隊員が空を見上げて指を差しているのが見えた。その指差す方向をステラたちも見上げる。そこには集団で飛ぶドラゴンの姿があった。

「どこに行くんだろう……」

「そうだな。きっとここから離れて違う島へ塒を変えるんだろう。ここはもうほとんどが焼けてしまったからな」

ラウールが空を見上げてそう言った。次は人の住む大陸と離れた場所に住んでほしい、とステラは心から願っていた。

「それに、サラマンダーが倒されて、やつらも戦意喪失だ。人を襲うと悪いことが起こると学んでくれていたらいいけどな」

フェリクスが呟き「帰るか」と声をかけてきた。ステラはラウールに肩を組まれた格好で歩き出す。本当に終わったのだと、安堵と喪失感が襲ってきた。しかしそれとともにまた新たな不安がステラの胸を覆う。

(帰るって、僕はどこに帰ればいいんだろう……)

そんな疑問が頭に浮かんでくる。リコッタ村もなくなり村の人も誰もいない。ステラの帰る場所はない。しかしドラゴン討伐が成功した今は、後ろ向きな言葉を口にしたくなくて、微笑みかけてくるラウールに笑顔を見せるのだった。

第五章

ベロリア島から隣の小島まで戻り、そこに停泊しているリターズン号に乗り込む。そこからは来たルートを戻るのだが、嵐にも遭わず、さらには追い風が助けとなって、かなり早くセイルベース大陸のアナトリアへと戻ってきた。

サラマンダーとの戦いで、兵士の中には怪我をした者も多くいたが、フェリクスが船の中で治療し、アナトリアのスレイル港に到着した頃にはみな元気に自分の足で下船したのである。

「ルシェフ騎士団！　バンザーイ！」

「お疲れ様！」

「よくやった！　アナトリアの誇りだ！」

港にはリターズン号を待っていた人々が、アナトリアの国旗を模した小さな旗を手に、口々に賞賛の言葉をかけてくれる。人々は港を埋め尽くしていて、国中の人がここにいるのでは？　と思うほどだった。

「すごいですね。こんなに人が……討伐が成功したことをどうしてみんな知っているんですか?」

ステラはまだリターズン号の甲板に立っていた。人々の雰囲気に圧倒されて足が止まってしまったのだ。

「あれだよ」

隣にやってきたフェリクスが船のマストの先端を指差す。ステラはその指の先を見やって、青い旗がはためいていることに気がつく。

「あれ? アナトリアの国旗じゃなくなっていますね」

「そう。白旗だと敗戦で、青旗だと勝利って意味なんだ。港にいる人はそれですぐに気がついたんだと思うよ」

「ああ、そういうことだったんですね」

ステラは風に揺れる真っ青な旗を見上げ、本当に勝利したんだと実感する。

「ほら、下りるよ」

ステラの肩をポンポンと軽く叩きフェリクスはそのまま下船していった。しかしステラの足は動かない。この船を下りてどこに行けばいいのかわからないからだ。

「ステラ、下りないのか?」

名を呼ばれて振り返る。そこには少し疲れた顔でゆったりと微笑むラウールが立っていた。

「僕は……」

下りても帰る場所がなくなったので、と言おうとしたが言葉が出てこなかった。サラマンダーに一矢報いることができた。自分にはなにもできないと思っていたが、最後はラウールを助けることもできた。これでステラの使命は終わった。

「もしかして、帰る場所がないから、船を下りるのを躊躇しているのか？」

ズバリ言い当てられて、ステラはなんともいえない表情で俯いた。

「バカだな」

ラウールの手がステラの頭をかき混ぜた。前髪が目の前に下りてきて視界が悪くなる。そしてゆっくりと顔を上げて髪の隙間からラウールを見た。見慣れた景色に胸の奥が切なくなる。

（ラウールさんと離れたくない。ずっと一緒にいたい。僕の気持ちだけじゃない。これは……タクミの思い）

目の前がぼやけていく。泣くつもりはないのに、ステラの目に涙が溜まっていった。

「ステラの行き先は、私の邸だ」

「え……？」

「言わなくてもわかっているかと思っていた。もしかして帰りの船で元気がなかったのは、ずっと不安な気持ちだったからか？」

小さく頷くと、ステラの大きな瞳からキラキラと涙が零れ落ちた。それを見たラウールがステラの頭を胸に抱えるようにして抱きしめてくる。

「本当に君は……。コウが言っている。絶対に離すなと。ようやく巡り会えたのだから、離してはだめだと」

そんな言葉を聞かされて、我慢できるわけがなかった。ラウールの胸で肩を震わせてステラは泣いていた。タクミの気持ちがあふれてくる。

――二度と離さないで。愛してるよ、コウ。

タクミの声が頭に響く。ステラはラウールを抱きしめるように腕を回した。ステラもタクミと同じ気持ちだ。

「僕も、ラウールさんと一緒にいたいです。タクミが、離さないでって……」

顔を上げると、ラウールの顔がすぐ目の前にあった。見つめ合い、互いの瞳の中にタクミとコウを見る。そして自然に惹かれ合い、周囲に人がいるのも気にせずに唇を重ねた。触れあった瞬間、ビリッと全身が痺れるような感覚に震え、ステラはラウールの服をぎゅうっと握りしめる。

「お二人さん、もうあんたたち以外はみんな下りたぞ」

後ろからドギアスの声が聞こえ、ようやく唇を解いた。ステラは照れくさくて下を向くが、ラウールはステラの細い肩を抱いたまま離さない。

「わかっている、すぐに下りる。今回は討伐に協力をしてくれてありがとう、ドギアス船長。船員が嵐で亡くなったあとも、最後まで任務を遂行してくれた。さすがドギアスだ」

ラウールがドギアスに手を差し出す。ニヤリと口元に笑みを浮かべたドギアスが、ラウールの手をパンと音が出るほど強く叩いて握手をした。

「嵐でベテランの船員を失ったのは心が痛む。だが任務を遂行するのも俺たちの仕事だからな」

「そうか。ありがとう」

ドギアスとの会話を済ませたラウールが「行くか」とステラに声をかけてくれる。小さく頷くと、ラウールと並んで下船した。港の馬宿で待っていたのはラウールの白い馬だ。

「帰りも私の馬に一緒に乗ってくれるか？」

「いいんですか？」

「いいに決まってる。ほら、帰ろう」

ステラは伸ばされたラウールの手を取る。一人でも乗れるのにと思いつつ、彼の補助を借りて馬に跨がった。すぐにステラの後ろにラウールも乗ってくる。他の隊員たちもすでに馬に跨がって待っていた。

「よし、帰ろう！」

ラウールのかけ声に小隊が帰途に向けて歩き出すのだった。帰りは用意された馬車に乗り込んでいる者もいる。誰もみな疲れているが、生きて帰ってこられたことを喜んでいるようだった。


夜通し走った一行は、ラウールの邸の前で足を止めた。

「先に行っていてくれ」

ラウールが一行にそう告げて馬を下りる。ステラもここで馬から下ろされた。

「あの、みなさんは、どこに行かれたのですか？」

「これから私たちは城に向かう。疲れていても、国王様への報告は必要だからね。ステラは邸で休んでいていいよ。執事のランマッティに説明してあるから」

「そう、ですか……ありがとうございます」

寂しそうな顔すると「そんな顔をするな」とラウールに言われ、ぎゅっと唇を噛んだ。不意を突かれて額にキスをされ、まるであやされている子供のような気持ちになって照れくさい。

「邸では自由にしていていいよ。ステラが入ってはだめな部屋はないから」

「そんな念押ししなくても、あちこち探検はしませんよ。僕は子供じゃないので」

子供扱いされたような気がしてそう答えると、ラウールの手がステラの頭に載せられた。

「子供だなんて思っていない。ただ、私にはステラに隠すようなことはなにもないと言いたかったんだ」

すべてがステラのためのやさしさなのだと知って、胸の奥がきゅうんとなる。ラウールはどこまでもやさしく思いやりがあった。いつもステラの数歩先を行って導いてくれている気がする。

「ありがとうございます。すごく、うれしいです」

素直に気持ちを言葉にする。ラウールがやさしく微笑み、「それじゃあ、行ってくる」とステラの額に再びキスをして白馬に跨がった。ステラはゆるゆると手を振り「いってらっしゃい」とラウールを見送った。一行が道の先に見えなくなるまでその場に立っていて、姿が見えなくなった途端にドッと疲れが押し寄せてくる。

(なんだか急に体が重く感じる……やっぱりかなり疲れてるみたいだ)

そう思いながら邸の方へ歩いていくと、黒の執事服を身につけた、白髪の男性がこちらを向いて立って待っているように見えた。

(あっ、ランマッティさんかな？)

ステラは待たせてはいけないと思い、小走りで近づいた。

「ステラ様。旦那《だんな》様より仰せつかっておりますので、お部屋へご案内します」

なにかを言う前に、ランマッティが先に口を開きニコリと微笑んだ。とてもやさしい雰囲気で、その声音が人柄を表しているようだった。

「あ、はい。あの、よろしくお願いいたします」

「ステラ様、そのようにかしこまらなくて大丈夫でございますよ」

柔和な微笑みを見せるランマッティに、ステラはどことなくホッとして微笑んだ。

邸の正面玄関から中に入り、ランマッティがすぐ左にある階段を上っていく。

磨かれたベージュ色の石床に、オフホワイトにチャコール色の蔦《つた》の模様が入った壁紙。玄関ホールにはどこかの婦人が大きな籠《かご》を持って微笑んでいる絵と、黄色い花の絵画がかけられてある。

（この絵もラウールさんが描いたのかな）

ステラは思わず立ち止まってその絵を見上げる。やわらかいタッチのその絵は、描き手の人間性が出ているようだった。

「ステラ様？」

「あ、ごめんなさい。この絵、ラウールさんが描いたんですか？」

「ええ、そうですよ。旦那様のお描きになる絵画はどれも優美で品があり、みな賞賛いたしますね。ステラ様も旦那様の描かれる絵の愛好家でございますか？」

途中まで階段を上っていたランマッティがステラの近くまで戻ってくる。隣に立って二人で絵画を見上げ、そう尋ねられた。

「はい。初めてお邸の絵画を見たときから、虜《とりこ》になっています。流星の騎士であり芸術の神ムーサに才を与えられた方だと思います」

うっとりとした表情で目の前の絵画を見上げ、ステラは正直な感想を口にした。隣でランマッティがふふふと笑う。なにかおかしなことを言っただろうかと思い顔を向ける。

「どうして、笑うのですか？」

「いえ、ラウール様がお小さい頃、初めて描かれた絵に私が申し上げた言葉と同じでしたので、少しおかしくなってしまいました」

「そうなんですか？　ラウールさんは小さな子供の頃から才能があったのですね」

「そうでございますね」

しばらく黙って二人で絵画を眺めたあと、ステラは二階の客間に案内される。広い部屋にグレーの絨毯が敷き詰められてあり、天蓋《てんがい》付きのベッドに、大きな縦長の窓が二つ。そこからは外の明るい光が室内に差し込んでいた。

「こんなに、豪華な部屋を使っていいのですか？」

「はい。この部屋はお客様がおいでの際にご案内いたしますが、これからはステラ様のお部屋となります。こちらのチェストに入っておりますお洋服も、自由にお使いになって結構です」

どこになにがあるかをすべて教えてもらい、ランマッティはお茶を持ってくると言って部屋を出ていった。ステラは窓際まで歩いていくと、近くにあるベージュのカウチに腰かけて外を眺める。窓からは絵画が置いてある別館の入り口が見えた。あの中にラウールが描いた絵がたくさんあるのだと思うと、心ゆくまで見たい気持ちが膨らんだ。

少ししてお茶を持ってきてくれたランマッティに、絵画が見たいことを告げると、彼は快く承諾してくれてステラは別館の絵画が並ぶ場所に立っていた。

「見終わりましたら、お声をかけてください」

「はい、ありがとうございます」

「ステラ様、旅から帰ってきたばかりでお疲れでしょうし、あちらのカウチをお使いになっても構いませんので」

「はい。わがままを聞いてくださって、ありがとうございます」

「このくらいは構いませんよ。では、失礼いたします」

ランマッティは軽く会釈をしてから静かに出ていった。絵画の並ぶ回廊には、外からの光が差し込んでいて、赤い絨毯に濃淡を描いている。ステラにはそれがまるで夢のような世界に思えた。

初めの絵画は白いドレスを着た少女が、椅子に座ってなにか編み物をしている絵だ。口元には少し笑みが浮かんでいて、その頬は僅かに紅潮しており、伏せられた瞳はどこかうれしそうに見える。

（誰かのために、誰かを思って編み物をしているのかな？）

そんな気持ちが絵に表れている。見ているこちらまで微笑んでしまいそうだ。その次の絵は風景画だ。花畑のような場所に青々とした大きな木が一本生えていて、青空との対比が目を引いてとても美しい。花畑には白い帽子を被った少女がこちらに背中を向けて立っている。美しい風景の中で切なく寂しい印象が際立っていた。

一枚一枚ラウールの描いた絵を見ながら、自分の鼓動が早くなっていくのを感じている。どの絵画からも目が離せない。もっと見たい、もっと見たいとタクミの魂が訴えている。どのくらいそうして絵の前に立っていたのか、なにかの気配に気がついてステラは振り返った。

「ラウールさん⁉」

なんと後ろのカウチにラウールが座っていたのだ。目を丸くして固まっているステラにラウールが近づき、なにも言わずに抱きしめてくる。

「ランマッティに聞いたらここにいるというから来た。でも夢中になって絵を見ていたから、声をかけなかったんだ。実はここで結構な時間、座っていたよ」

耳元でふふふとラウールが笑う。鼓膜がくすぐったくて、妙な照れくささを覚えた。

「すぐに声をかけてほしかったです。早く、会いたかったので……」

「そうか、悪かったな」

「国王様への報告はすぐに終わったんですね」

話しながら、先ほどまでラウールが座っていたカウチに二人で腰かける。常にラウールの手がステラに触れていて、一時も離したくないという気持ちを感じた。

「そうだな。みんな疲れているし、それは国王様もわかっていらっしゃる。今回のことでドラゴンの被害が収まったら、私は王付きの公爵になるそうだ」

まるで他人事《ひとごと》のように言うラウールに、ステラは驚いてしまう。王付きとなればかなりの出世だ。きっと任される領地も増えるし、ラウールの下につく部下もさらに増えるだろう。そんなすごい出世を「らしい」とまるで興味がないように言うのだ。

「すごい出世ですね！　おめでとうございます！」

うれしくなってそう言うが、ラウールの顔はなぜか浮かない。どうして？　と首を傾げると、まるで子供が甘えるようにステラに抱きついてきた。ラウールの頭がステラの胸の前で、どうしたのかなと思いつつその形のいい頭をそっと抱きしめる。

「王付きになったら、せっかくここでステラと一緒にいられるのに、その時間が短くなる」

まるで子供のような不満を口にしたラウールを、ステラはとてもかわいく思った。この人は大人で強くて思いやりがあって、兵を率いているときの勇敢さには感動してしまう。だからステラの前で子供のようになってしまうラウールを心から愛《いと》おしいと思った。

「ラウールさんがここにいてもいいと、言ってくれるなら……僕は、ずっとここでラウールさんを待っていますから。この邸に帰ってきたら会えるように……」

金色のやわらかく美しい髪に指を差し入れ、ゆっくりと撫でながら答える。胸の奥がきゅうっと痛くなる切なさを、ステラは心地いいと感じていた。

（ラウールさんがこんなこと言うなんて……なんだか、ドキドキする）

少しの沈黙のあと、ラウールがステラの胸から顔を上げた。目が合ってお互いに考えていることは同じだった。静かにラウールの顔が近づいて、自然に唇を重ねる。今度はこれまでと違って触れるだけのキスではなかった。

「んっ……ぅんんっ」

唇が深く重なり合い、ラウールの舌がステラの口腔《こうこう》に入ってくる。その舌がステラのものと触れあい、その刺激で得も言われぬ快感が襲ってきた。

（これ、知ってる……このキス、知ってる）

感動すら覚えるラウールとのキスは、タクミの記憶が懐かしさとあまさを連れてくる。ステラはゆっくりとカウチに押し倒された。ラウールのキスは角度を変えて何度も執拗《しつよう》に施される。そしてようやく解放されたとき、ステラはまるで夢の中にでもいるかのようにぼんやりとしていたのだった。

「ステラ……いきなり悪かったよ。でも止まらなくて」

ラウールがステラの顔を覗き込み、唇の先を僅かに触れさせながら言う。その瞳はもっとこの先を求めているという、そんな欲が見えた。

「僕も……もっと、あなたを知りたい、です」

素直な気持ちを告げると、ラウールの口元に笑みが生まれた。

「それじゃあ、行こうか」

ラウールに体を引き起こされ、二人で別館をあとにする。どこへ行くのかと思えば、それは本館のバスタブがある部屋だった。そこにはすでになみなみと湯が張られており、バスタブに入れば窓から景色が眺められる位置に置いてある。一人用の大きさなので二人で入るには少し手狭だろうか。

「あの、湯浴みをするんですか？」

「そうだよ。二人ともここで旅の疲れを取らないとな」

ラウールはすでに着ている服を脱ぎ始めていた。上着のシャツのボタンを外し、その下から屈強な肉体が露《あら》わになる。右肩の付近にはつい数日前のドラゴンとの戦闘でついた傷が残っていて、それを見たステラの胸はズキンと痛む。

「なにしてるんだ？　一緒に入るんだから、早く脱いでしまえ」

「えっ！　い、い、一緒に!?」

「当たり前だ。バスタブはひとつ。一緒じゃないとランマッティが大忙しになる」

上半身を露わにしたラウールがステラに近づいてくる。動揺しつつ一歩下がると、ニッと笑ったラウールにシャツのボタンを外されていく。

「あ、あの、あっ……」

ステラは思わずラウールの手を両手で摑んだ。自分以外の誰かに服を脱がされるのは子供のとき以来で、急に照れくさくなった。

「どうした？　自分でできるか？」

「で、できます！　できるので、大丈夫です！」

ステラの返事を聞いて、ラウールがやっとシャツから手を離してくれる。ホッとしたのも束《つか》の間、今度はステラが脱いでいるところをラウールが観察してくるので困った。

（ラウールさんもまだ全部脱いでないのに、すごい、見られてる……）

恥ずかしくなったステラはラウールに背を向け、まるで恥じらう少女のように頰を熱くしてボタンを外す。すると後ろでチャプンと湯音が聞こえた。ようやくラウールがバスタブに入ったようで安堵する。しかしふと考えた。

（全部服を脱いで、裸の僕を……ラウールさんはバスタブから、見るってこと、か？）

それに気づいたステラは、そっと後ろを振り返る。するとニコニコと見たことのない笑顔でバスタブの縁に腕をかけ、その上に顎を乗せてこちらを向いていた。金髪の少し長い前髪がオールバックに搔き上げられていて、いつもと違うラウールにドキッとさせられる。

（これって、ラウールさんの作戦？　僕は、罠《わな》にかかった……!?）

頬を引き攣らせながらラウールに微笑みかけ、すぐに背を向けた。どうしよう、とまごついてしまう。

「そんなに見られるのが恥ずかしいのか？」

「あ、あの……誰かと一緒に湯浴みをするのは子供のとき以来で……その、できれば、僕が入るまで、後ろを向いていてほしいんです……」

「そうか。ステラが脱いでいるところを眺めたかったが……しかたないな」

チャプチャプと水音が聞こえ、ステラは後ろをちらっと振り返る。言葉通り、ラウールは窓の方を向いているのでホッとした。そして手早く衣服を脱いでいきバスタブに近づく。

「あ！　目を、閉じててください！」

ステラが言うと、ラウールが肩を揺らして笑いながらも言う通りにしてくれた。ようやっと湯の中に入ったステラは、そのまま顎の辺りまで潜る。

「もういいか？」

目元を手で押さえたラウールが聞いてくる。「いいですよ」と答えるとその手が外された。バスタブの中でラウールの長い足に、ステラの足先が当たる。

「なぜそんなに怯えている？」

「お、怯えてなんて……いないです。ただ、照れくさいんです……」

口元でモゴモゴと言えば、あはは、とラウールが笑う。こういうことは初めてだし、慣れていないステラにはハードルが高い。

（タクミは慣れているかもしれないけど、僕は……経験がないんだからっ）

記憶の中のタクミは、何度もコウと肌を重ねてきたのを知っている。しかしステラはそうじゃない。

「ならば後ろ向きになったらどうだ？　顔は見えないし、大丈夫だろう？」

「いいんですか？」

「いいさ」

バスタブの縁に逞しい腕を乗せたラウールがニヤリと笑った。ステラはそれに気づかないでラウールに背中を向ける。目の前にはピンクの花柄の壁が見えて、さっきまでの照れくささが消えていく。

「それで……もう恥ずかしくないか？」

「はい。大丈夫で……わっ！」

後ろからラウールに腕を掴まれ引っ張られる。背中にラウールの胸板を感じて驚くが、それよりもステラの尻に当たっている硬いモノに動揺する。

「こうしてくっついていれば、恥ずかしいのにも慣れるだろう？」

「な、なれ、慣れます……かね？」

ステラの体はラウールの腕の中に抱きかかえられ、その手がゆっくりと肌の上を這っているので気になってしかたがない。

(あた、当たっている……のは、アレだよね?)

そう意識したとき、ステラのそこがズキンと熱を持って硬度を増したのがわかる。そしてステラの腹を撫でていたラウールの手が、スルッと上に移動した。

「ひゃっ!」

「ふふふ……ちょっと手が滑った。ところで、ステラ。私は正直に打ち明けようと思っていることがある」

「な、な、なんですか!」

尻に押し当てられている硬いモノもそうだが、急に乳首を触られてステラの頭は茹《う》だっていた。思わず言葉尻が強くなったが、ラウールは特に気にしていないようだった。

「湯浴みを終えたら隣の部屋で、ステラを抱きたい。これは私の思いでもあり、コウの気持ちでもあるんだ。ステラを愛している。もう手放したくない。これは私の気持ちだ」

チャプンと湯音が鳴り、ラウールのステラを抱く腕の力が強くなる。熱烈な告白を耳元で聞きながら、未だかつてないほどの感動を覚えていた。

「僕も、ラウールさんが好きです。これはタクミの気持ちでもあり、僕……自身の気持ち、です」

ステラの鼓動が次第に早くなっていく。このバスタブを出たら、ステラにとって未知の体験が待っている。想像すると怖い気もするが、なによりタクミがコウを求めていて、頭の中でいくつもの生々しいシーンが過っていた。

「あぁっ……もうっ」

ステラはそれが恥ずかしすぎて、両手で顔を覆った。

「どうした？」

「頭の中で……タクミの記憶がグルグルしているんです。もう、あんな……こととかっ」

「そうか。私も同じだ。コウがどうやってタクミを抱いたか、教えてくれている。だが、私は私のやり方でステラを抱きたい。いいか？」

ささやくような色っぽい声がステラの耳をくすぐった。全身にピリピリと電気が走るような感覚に身震いしながら頷く。

「隣の部屋へ行こう」

ラウールが静かにそう言った。バスタブから出たラウールに連れられて、水滴を落としながらステラは隣の部屋へと連れていかれる。部屋の中央に天蓋付きのベッドが鎮座しており、大きな窓にはカーテンが引かれてあった。その僅かな隙間から差し込む陽の光が、赤い絨毯の床に落ちている。

ベッド近くまで歩いていくと、カウチに置いてある肌触りのいい大きなタオルでステラの体は包まれた。タオルごとラウールに抱きしめられ、濡れた髪にキスをされる。ゆっくりと顔を上げると、少し潤んだ瞳で熱っぽく見つめられていた。

「ラウールさん……」

ステラが呟くと、近づいた唇がキスをくれる。ステラは自然に口を開き、ラウールの舌を受け入れていた。舌と舌が触れあうと気持ちよくて、ステラの動きに合わせてくれる。くちゅ……と部屋に淫靡《いんび》な音が響いた。

どのくらいそうして唇を重ねていたのか、ようやく離れたときにはもううっとりとした顔でラウールを見つめるしかできなくなっていた。

膝の裏に手を入れられ、ステラの体は軽々と抱き上げられる。その間もずっと二人は視線を外さなかった。部屋の中にはゆっくりとした時間が流れている。ステラの体がベッドに横たえられ、その上にラウールが覆い被さってきた。

「ステラの体は、私を受け入れるのが初めてだろうから、丁寧にゆっくりするから」

「……は、はい」

行為自体はタクミの記憶が教えてくれている。だが初めてのステラは、当たり前だが緊張していた。

ラウールがちゅっと軽く唇にキスをしてきて、そのあとも体中に唇を押し当ててくる。首筋から鎖骨に舌を這わされ、それがゆっくりと下へと移動した。

「んっ……ふ、ぅっ」

ステラは懸命に自分の口を手で押さえて声を殺す。

「声を出しても構わない。外には聞こえないさ」

「で、でもっ……あ、んっ！」

ラウールがステラの右の乳首に吸いついた。舌を這わされてねっとりと舐《な》め上げられる。

その刺激が下半身を直撃し、ステラのそこは一気に硬度を増した。ラウールの手がステラの肌の上を滑り、腰の辺りを撫で始める。

「元気になってるな」

その手が硬くなったステラの剛直を掴み、きゅっと雁首《かりくび》を締められる。

「んっ！ あ、あぁぁあっ……」

他人に触られたことのないそこから、形容しがたい快感が膨らむ。相手がラウールだからというのもあるが、油断をするとはしたなく腰を振ってしまいそうだった。

(こんな気持ちいいの、知らないよ……なに、これ)

ラウールとのキスでさえステラを夢中にした。しかしそれ以上の快感はなにもかも忘れて貪《むさぼ》ってしまいそうな怖さがあった。

「なに、ああ、気持ちいい……ラウールさん、それ、だめ……」

「だめ？ ステラのを握って擦っているだけでだめなのか？ ほら、私も同じようになっている」

体を起こしたラウールが、自らの剛直をステラのものと一緒に摑んで扱《しご》き始めた。彼の手の中では二人分の愛液が混ざり合い、くちゅくちゅと卑猥《ひわい》な音を立てている。

「それ、あっ、ちが、う……僕のと、あ、あんっ……ち、違う……」

なにが？　と問うように笑みを浮かべたラウールが首を傾げている。わざとだ。

（なにあれ、あの大きいの！　聞いてない、あんなに大きいって……）

ステラの剛直と一緒に握られているラウールのそれは、ステラの想像を超えていた。あれが今から自分の中に入るなんて信じられない。そんな不安が顔に出てしまい、すぐにラウールにバレてしまった。

「今からステラの後ろを、これが入るくらいにしてやる。痛くないし、気持ちいいしかないから、安心しろ」

ベッドサイドに置いてあるガラスの小瓶を手にしたラウールが、瓶の中身を少し手に取った。辺りにふわっと花の香りが広がり、薔薇《ばら》のオイルだとわかる。

ステラはうつ伏せになるように言われ、その通りに体勢を変える。尻の肉を左右に開かれ、そこにオイルが垂らされた。ビクッと体を震わせると「大丈夫だ」と諭される。

今にも口から心臓が飛び出てしまいそうに緊張している。本当にタクミとコウはこんなことができていたのかと、未だに信じられなかった。

「あっ！」

後孔にラウールの指が触れた。やさしく撫でるようにされると、はじめは違和感があったのに、徐々にもどかしさがやってくる。

（なんだろうこれ……。くすぐったいのかな？　恥ずかしいのは恥ずかしいけど……でももっと、ちゃんと……してほしい）

不思議な感覚だった。ヌルヌルになったステラの尻の肉を何度も揉《も》まれて、そして次の瞬間、ラウールの指が後孔に入ってくる。

「ふっ、うっ！」

「力を抜いて。まだ人差し指一本だから大丈夫」

その指が後孔の縁を撫でるようにして、出たり入ったりを繰り返している。何度も香油が継ぎ足され、薔薇の香りで酔ってしまいそうになっていた。ヌプヌプと何度も指が抜き差しされているうちに、なぜかもっと奥まで欲しくなる。そんなことは口にできなかったが、どうしてかラウールが察してくれた。

「んっ、あっ……ぁ、んっ、……うぅっ」

「ステラ、私の指が三本ほど入っているのに、気づいていた？」

「さ、三本……？　え、なん、で……」

「私の指一本では物足りないと言うから、増やしていったんだ。今は三本だ。もうここは緩くなってる。すごいよ。なんて光景だ……」

「そんなこと、言ってな、い、です……」

ラウールは一体どんな光景を見ているというのか。そんなことよりも、もう少し今の行為を続けてほしい。できればもっと奥まで擦ってくれるといいのにと思っていた。

（気持ちいい、なにこれ、体が溶けそう。もっと、もっと……してほしい）

快楽を感じていたくて、ステラは自らの若茎を摑んでゆるゆると擦り始める。我慢ができなかった。一人ですることはあまりなかったが、今日は言い知れぬ快感が湧き上がりうっとりしてしまう。

「悪い子だな。一人で気持ちよくなってるんじゃないか？」

「え……？　してな、い、は……ぁん」

力ない声で返事をするがバレている。肉筒の中で動いていたラウールの指が引き抜かれ、快楽から放り出されたような感覚になって焦燥が押し寄せた。しかしそれも束の間、熱の塊が後孔に触れ、ステラの肉環を広げていったのである。

「あ、あ、ぁあぁあっ、すご、ああっ！」

それはこれまでの比ではない。気持ちよさが怖さを連れてくる。自分の体がどうなっているのかわからない。自分で扱いていた手を離し、ステラはベッドシーツを握りしめた。

「ステラ、少し力を抜いて。でないと、一番太い部分が入らない……」

腰を持ち上げられ、ステラは尻だけを高く掲げる格好になっていて、ラウールが後ろから挿入している。しかし力を抜けと言われても、初めての体験をしているステラには難しい。

ベッドシーツにしがみつき、無理、できない、と頭を振れば、すぐにラウールの手がステラの股間《こかん》に伸びる。そこは恐怖からすっかり元気をなくして項垂《うなだ》れている。その元気のない剛直を掴まれ、くちゅくちゅと扱かれた。

「怖かったな。大丈夫だ。私が気持ちよくしてやる」

ラウールの手で揉まれ、ステラの剛直はゆっくりと元気を取り戻していく。

「あっ、あっ、……んっ、はぁ、ん……」

ステラの口からあまい喘《あえ》ぎが漏れた。それとともにほどよく力が抜けていき、ラウールがその隙を逃さず腰を押し進めてきた。

「ぅあぁぁあっ！　あ、あっ、ぁあ、あ……！」

体の中に灼熱の棒が入ってくる。その存在感は半端なく、ステラの中を燃やしてしまう勢いだった。肉筒はみっちりとラウールを包み、もっと欲しいと蠕動《ぜんどう》する。

「ステラ、入ったよ。すごいな、私を奥へと誘ってるぞ」

後ろから苦しそうなラウールの声が聞こえた。誘ってるだなんて、とステラは涙目になりながら後ろを振り返る。

中に入ったラウールは動かない。体を前に倒して、ステラの背中にいくつもキスをしてくる。唇が触れるたびにステラはビクビクと体を震わせた。

これをタクミは望んでいた。そしてステラもまたラウールと愛し合うことを望んだ。自分の中にラウールがいる。それを思うだけで涙があふれる。

(この気持ち、なんだろう。初めての行為で怖いのに、うれしくて懐かしくて、たまらない気持ち……)

ステラはベッドに顔を押しつけ、あふれる涙を隠す。

「ステラ？　大丈夫か？　苦しいか？」

心配そうな声で問われ、ステラは小さく頭を振った。背後から上腕を摑まれ、上半身を引っ張られる。強制的にベッドから顔を剝《は》がされ「あっ！」と声が漏れた。

「どうした？」

背後からラウールがステラの顔を覗き込んでくる。そして大泣きしている顔を見てギョッとしていた。

「本当に痛くはないか？　一度、出た方が……」

腰を引かれ、ステラの中から出ていこうとする。

「あっ、あん！」

中でラウールのものが擦れ、ステラの口から思わず声が漏れた。

「やっ……やめて……抜かない、で、ください」

腕を後ろに回し、ラウールの腰を両側から押さえた。

「いいのか？　無理だったら、やめる」

「違うんです。泣いてるのは……つらいからじゃなくて、その、逆で……うれしくて」

「そうか」

「胸の奥がぎゅってなるんです。これはきっと、僕とタクミの気持ちなんだと思うと、ひとつになれることが……うれしくて」

話しているうちにまた涙があふれてくる。ステラの話を聞いたラウールが、背後から強く抱きしめてきた。

「私もうれしい。この腕にステラを閉じ込めておけるこの瞬間を。そしてひとつになれる今を。コウも同じ気持ちだ」

ステラの首筋に唇を寄せ、強く吸い上げてくる。ピリッとした痛みが走るが、それすらも愛おしくてたまらなかった。

「続きを、してください……あの、痛くはないので……むしろ……」

中でラウールが動くと気持ちがいいので危険だ、とは言えなかった。

「わかった。なら、顔を見ながら、しよう」

ステラの中からラウールがゆっくりと出ていく。その摩擦でさえステラはうっとりとしてしまう。すべてが抜き去られ、ステラの中は途端に寂しさを覚え、無意識に肉環をヒクつかせた。ベッドに仰向けに寝かされると、ベッドに立てた細い膝頭を摑んだラウールが左右に割り開いてくる。

「あ……っ」

濡れた後孔と、少し硬くなった若茎が腹の上で跳ねる。それを真正面から見られて恥ずかしくて、ステラは両手で顔を覆う。

「ステラは恥ずかしがり屋だな」

「す、すみません……」

「謝らなくていい」

膝頭を摑んだラウールが、ステラの腹の方へそれを押し上げてくる。自然と尻がベッドから浮き上がった。その後孔に再び灼熱の剛直が押し当てられる。

「は、ぁ、ああ……ぅっ、んんっ！」

肉環が拡《ひろ》がって、ステラの後孔はやすやすとラウールの巨根を飲み込んでいく。ラウールが中を擦りながら奥へと入ってきて、その刺激が快感を運んでくる。

「あ、あ、……す、ごい、なに、これ、あぁぁ、あっ！」

後ろからされているときとは違う気持ちよさが押し寄せて、ステラはベッドシーツを強く握りしめる。

「うっ！　ステラ……そんなに締めつけないで、くれないか」

「そんな、こと、言われても……む、無理で、す」

中で熱塊が動くたびに、ステラはラウールのそれをぎゅうぎゅう締めつけてしまう。しかたないな、と言ったラウールがまたステラの若茎を摑んでくる。そこを触られると力が抜けて腰が自然とカクカクしてしまう。

「あっ、あっ、あんっ、それ、あぁっ！」

「そうそう、いいぞ。ああ、奥まで入った……」

ラウールをすべて受け入れ、再び奥深くで二人は繫がった。腹の中で脈打つようなラウールの熱が存在感を放っている。

「中は俺に馴染《なじ》んでいる。ステラの中は熱くて狭くて、俺のを締めつけて放さない」

そう言われてステラは目を見開いた。タクミとコウが繫がったときに、コウが言った言葉だ。それがすぐにわかり、ステラはラウールの顔を見て微笑んだ。

「離さないです。僕も……ラウールさんを、離さない」

まるでそれが合図のように、ラウールがステラの中でゆっくりと動き出した。

「はっ、あ、あぁあ……っ、すごい、熱い、中が……あぁっ、気持ちいい、なにこれ、なに、これ」

擦られるとそこからじわじわと快感が広がっていく。腰の奥で気持ちよさが重なるように溜まっていった。ラウールの抽挿が徐々に早くなり、くちゅくちゅと繋がった部分から淫靡な音が聞こえてきた。

「ああ、すごいな、ステラの中は……持っていかれそうだ」

ラウールが腰を打ちつけるように動き始めると、ステラは初めての快楽に支配され、うわ言のように「気持ちいい……気持ちいい……」と連呼していた。

「あ、だめ、もうなにか、来る……ラウール、さん、来ちゃう……ああっ、もうだめだめっ！　あぁぁああん！」

腰の奥に溜まっていた快感が一気に膨らんで弾けた。目の前が、頭の中が真っ白になっていく。腰がガクガクと痙攣《けいれん》し、自分の腹に白濁を吐き出していた。

「よさそうな顔をしているな。次は私の番だ」

「え……、あ……」

ラウールが再び動き出す。ステラの中は敏感になっていて、擦られると強い刺激が生まれる。それはさっきほどではなくても、ステラを悶《もだ》えさせるくらいの快感を呼んできた。

「や、だめ、そんなに、しないで、あ、あ、あぁっ、や、あっ！」

抽挿が激しくなり、ステラは上も下も右も左もわからないくらいに揺さぶられ、それが突然ラウールの呻《うめ》きとともに止まった。

「うっ……あ、ぁあ……」

腹の奥でじわっと熱が放たれていくのがわかる。ラウールの顔は強い快楽に一瞬だけ歪み、次の瞬間は力の抜けたような惚《ほう》けた表情に変わった。そしてこちらを見て微笑み、ゆっくりとステラの体の上に倒れ込んでくる。二人の汗が胸で混じり合う。そしてラウールの重さを愛おしく思い、自分の頭の横にあるラウールの汗に濡れた金の髪の束に触れた。

「誰かとひとつになることが、こんなに満たされることなんだと、感動しています。ラウールさん、愛して、います」

「それは私も同じだ。ステラ、愛しているよ」

半身を持ち上げたラウールがそっとキスをくれる。ステラは両手でラウールの頬に触れ「もう一度、してください」とキスを強請《ねだ》るのだった。

ラウールと心も体も繋げてから、数ヶ月が過ぎた。その間、アナトリアにドラゴンの襲来が報告されることはなかった。そして今日は、そのドラゴンを討伐したラウール率いるルシェフ騎士団が国王様から改めて賛辞を賜り、ラウールは王付きの騎士となる。

「すごく格好いいです」

姿見の前に立っているラウールの姿を見て、ステラは頬を赤くして呟いた。上下真っ白な着衣には、胸の部分や袖、裾《すそ》に金糸で細かな刺繍《ししゅう》が施されている。ベルトの中央部分にはアナトリアの紋章が光り、肩からは濃紺のマントをかけていた。

「ありがとう。正装はあまりしないから、これを身につけると身が引き締まるよ」

「ご立派でございます、ラウール様」

支度を手伝った執事のランマッティが、うれしそうに微笑みながら言う。

「ありがとう、ランマッティ。さて、それでは行ってくる」

マントを翻したラウールが近づいてきた。そしてランマッティの目の前なのも構わず、ステラの唇にそっとキスをする。

「ラ、ラウールさんっ」

驚いたステラは思わず一歩下がり、両手で自分の口を押さえる。その様子を見たラウールは口元に笑みを浮かべるばかりだ。

（ランマッティさんの前なのに、ラウールさんは人が悪い）

顔を真っ赤にさせながら、部屋を出ていくラウールを見送る。邸の外には城からの迎えの馬車が待っていた。ラウールがそれに乗り込んでいくのを、ステラは少し離れた場所で見ている。するとこっちにおいで、と手招きされ、ステラはさっきのことを思い出しながら警戒しつつ近づいた。周りにいるのはランマッティだけでなく、他の使用人もみなラウールを見送りに出てきている。

（また、いたずらをされる、のかな？）

ステラがそう思ってラウールを見上げると、彼はやさしく微笑んでいた。

「すぐに帰ってくる。ステラはここで、私を待っていて」

まるで子供にするかのように頭を撫でられる。きっとラウールは、この邸にステラを残していくたびに、こうして言葉と態度で安心させてくれるのだろう。

「はい、ラウールさん」

ステラは満面の笑みを浮かべた。

これからはステラとラウールは離れない。そしてタクミとコウもまた、二人の中で生きながら離れることはないだろう。

ステラの旅は終わったが、また新たに違う旅が始まるのである。

おわり

≪番外編≫

新たな恋の予感

フェリクスは自分の邸《やしき》で、普段は身につけない黒の着衣に身を包んでいた。これは正式な儀式や改まった席で着るものである。

「フェリクス様、すごく格好いいです」

双子の魔道士、ライルの姿があった。栗色の髪を右分けにしており、大きな茶色の瞳《ひとみ》はいつも好奇心旺盛《おうせい》だ。

「フェリクス様はなにを身につけても様になりますから」

左側から声をかけてきたのは双子の魔道士の弟カイルだ。同じく栗色の髪で左分けにしている。もともとは同じ分け目だったのだが、フェリクスが判断できなくなるのでどっちか左分けにしろと言ったのだ。そのときはどちらが左分けにするかかなり揉《も》めたのだが、結局、弟だからということで、カイルが左分けにした。とてもくだらない言い合いになったのをフェリクスは覚えていた。

「わかったわかった。着替えくらい自分一人でできるから。お前らは鍛錬に戻れよ」

「ダメですよ。僕たちはフェリクスさんのお世話をするように言われているのですから」

二人が声を揃《そろ》えて一言一句間違《たが》わず言ってくる。フェリクスはドラゴン討伐の功績を受けて、ヴァルギス魔法協会の特級階級へ昇進した。その授与式が今日行われるのだ。そのために準備をしていたのだが、なにかと双子に邪魔をされている。

（準備を手伝っているとはいうが、正直、自分一人で着替えた方が早いんだがな）

なにをするにも双子は揉めるのだ。どちらが先にマントを渡すのか、どちらがなにをするのかと、小さなことでも言い合いが始まる。結局は二人でやればいい、とフェリクスは言うのだが、とにかく時間がかかってしかたがない。

「もう準備は終わった。迎えはまだ来ていないのか？」

「見て参ります！」

カイルが弾《はじ》けるようにしてマントを翻して走っていく。一足遅かったかというように、ライルが舌打ちをした。

「ライル、二人が俺のことで争うことはないんだ。もう少し仲良くできないのか？」

「申し訳ありません。でも、僕は、少しでもフェリクス様のお役に立ちたくて……ただそれだけなのです」

しょんぼりと肩を落とし項垂《うなだ》れるライルは庇護《ひご》欲をそそる。フェリクスは目を細めてふわふわ風に揺れる癖毛の茶色い髪に触れ、その小さな頭を撫《な》でた。

「フェリクス、様？」

「わかっている。すべて俺のためなのだろう？　だが二人が揉めている姿を見るのは心苦しいんだ」

「……はい」

「そんな顔をするな。ほら顔を上げて」

フェリクスはライルの顎《あご》に指をかけ、俯《うつむ》いているその顔を上に向ける。彼の頬《ほお》は薄《うっす》らとピンクに染まっており、長い茶色の睫《まつげ》が囲う瞳が右に左に所在なさげに動いていた。

(かわいいやつだ)

少し前から双子に好かれていることは知っていた。しかしフェリクスは二人にとっては上司に当たるし、個人的な感情で特別扱いはできない。だが最近、ステラにフラれて傷心でもあった。そんなふとした心の迷いからか、ライルの唇にキスをしてしまった。

「フェ、フェリクス……様」

驚いて開いた大きな茶色の瞳に、自分の顔が映っている。その顔を見て、ああ、もうだめだと諦《あきら》めた。

(まずいな。歯止めが効かない)

ライルの唇はふわふわで柔らかくて、傷心のフェリクスの心を少しだけ癒《いや》してくれた。誘われるように、もう一度ライルに口づけようとしたときだった。

「あーーーーーー！　なにをしているのですか！」

邸中に響き渡るようなカイルの声に、フェリクスは動きを止めた。

「な、な、なにを、しているのですか！　フェリクス様！　ライル！　僕をわざと行かせて、本当は、二人で、そんな……！」

最後の方は涙声になっていた。顔を見ると、唇を噛《か》みしめ大きな瞳いっぱいに涙を浮かべている。

（まずいな……）

フェリクスは少し離れた場所に立っているカイルを手招きで呼んだ。

「そんなつもりで行かせたわけじゃない。これはその、事故だ」

フェリクスの説明に、カイルは涙を溜《た》めてきょとんとしていた。瞬《まばた》きをするとはらはらとその涙が落ちる。

「事故⁉　フェリクス様！　事故ってどういうことですか⁉」

右側からライルが嚙みついてくる。フェリクスは右と左から責められパニックになった。こっちを立てればあちらが立たずだ。

（これはまずい。どうしたものか）

頰を引き攣《つ》らせて困っていると、カイルがしょぼんとして下を向いた。

「フェリクス様は、僕たちをからかっていらっしゃるのですか？　僕は、心からフェリクス様をお慕い申し上げております。それは、ご存知のはずです！」

フェリクスをクッと睨《にら》むようにして見上げてくる。しかし目元を赤くして涙目の様子では、その威力は半減だ。

「カイルだけじゃないです！　僕はフェリクス様を、あ、愛しております！　それはこれからもずっと変わらないです！」

　二人が同じように迫ってくるので、フェリクスはどんどん後ろに下がり、とうとう背中が窓にぶつかった。二人の気持ちは嘘《うそ》ではないだろう。フェリクスもこの双子を嫌いではない。むしろかわいく思っているし、ライルにはキスまでしてしまった。

（これはもう、観念するしかないか）

　目の前には髪型以外で見分けがつかない双子が、涙目で頬を真っ赤にして見上げている。

　フェリクスは二人の頭の上にポンと同時に手を置いた。

「わかった。俺も男だし、お前たちの上官だ。ちゃんと責任は取る。だが今日は、迎えの馬車に乗らせてくれないか？」

　窓から下をチラリと見たとき、すでに迎えの馬車が来ているようだった。まるで逃げるような感じで心苦しいが、時間がないのも事実だ。それに、双子とのことはきちんとしようと思っている。

「フェリクス様、適当にはぐらかす気ですか？」

　カイルに言われ頬が引き攣った。しかしここはちゃんと意思表示をしなければならない。

「帰ってきたら、責任を取る。大丈夫だ。はぐらかしてなんていない。信じてほしい」

　真剣な面持ちで言うと、カイルが少しホッとしたような表情になる。しかし照れくさそうにもじもじしながら「僕にも、キス、して、ください」と言われてしまった。しかたないなと思いながらも、フェリクスはすっかり双子にハマっていた。

「ほら、顔を上げろ」

フェリクスはカイルの顎に指をかけて上を向かせる。そしてライルにしたように唇にキスをする。唇が離れていくと、カイルの瞼《まぶた》がそっと開かれた。彼の頬はほんのりとピンクに染まり、その瞳は恋する乙女のように潤んでフェリクスを見つめている。そんな視線を向けられて、フェリクスは年甲斐《としがい》もなく動揺してしまった。

（参った。今に至るまで双子の気持ちに気づかないとは……）

それもそのはずだ。その頃フェリクスはステラに入れ込んでいて、どうやってラウールからこちらに気を向かせようかと考えていたのだから、気づけるはずもなかった。

「では、行ってくる」

フェリクスが動揺を隠すように、少し偉そうに言うと、頬を赤くした双子が玄関まで来てくれる。

「誇らしいフェリクス様のお姿をお近くで拝見できないのがとても残念です」

しょんぼりと肩を落としたライル。

「僕もです。フェリクス様の晴れの日なのに、そのお姿をこの目で見られないのはつらいです」

ライルと同じく残念そうな顔をしているカイル。二人は本当にフェリクスが国王から栄誉を賜る瞬間を見たかったのだろう。落ち込む二人はまるでおやつをお預けにされたときの子供のように愛らしい。

残念がるライルとカイルの頭をやさしく撫でて慰める。外まで見送ってくれた二人に手を振り、馬車に乗り込んだフェリクスは、ふぅ、とため息をつく。内心やってしまったなと思っていた。

（あの双子を気に入ってはいたが、まさか手を出してしまうとは……）

フェリクスは両手で頭を抱える。少し前までステラに夢中だった自分が、たった数ヶ月で部下に手を出すなど、ラウールに知られたらきっとからかわれるだろう。それを考えると頭を抱えるのをやめられない。しかし今さらなかったことにはできないから、これからどういう距離感で双子と関《かか》わっていくか、城に着くまで頭を悩ませるフェリクスなのだった。

あとがき

こんにちは。柚槙ゆみです。このたびは「流星の騎士とステラの旅」を手に取ってくださりありがとうございます！　ラルーナ文庫オリジナルの電子書籍から出ていますクの恋は××です！」を読んでくださった方は気づいていらっしゃるかと思いますが、実はこの作品はヲタ恋から派生した物語となっています。ヲタ恋の主人公、拓実が書いた創作物が今回の「流星の騎士とステラの旅」です。

電子書籍の原稿を担当さんに出したところ「ステラのお話を読んでみたい」とうれしい言葉をいただき、プロットを考えました。しかし転生モノを書くのは初めてで、また好んで読むジャンルではなかったのでさて困った、となったのが正直な感想でした（笑）勉強のためにいくつか転生モノの作品を読み、難産ながらなんとか最後まで書ききりました。どなたかの心に刺さってくれたならうれしいなぁと思います。

さて、近頃、作家さんの訃報が続き悲しみと寂しさに見舞われる中、このままではいけないと思い運動を始めました。これまでほとんどしてこなかったので、今年に入って三月からざっと10kgほど減量できました。すると服のサイズが2つほど落ち、ほとんどぶかぶかで着られなくなり、思わぬ出費が増えることに（笑）。でもあと20kgは落としたいと思っているので、さらに健康になるためがんばりたいと思います！

最後に今回の素敵イラストを担当してくださった兼守美行先生、ありがとうございました！　キャララフを見せていただいた段階で完璧&超完璧に美しい！　と叫んでいました（笑）。そんな美しい表紙の本を手に取ってくださった読者のみなさま。本当にありがとうございます。ＳＮＳなどでもいいので、ぜひ感想をポストしてくださるとうれしいです！

また次回もお会いできたらと思います。寒さが厳しくなっていますので、体調など崩さないようにお過ごしください。

長い長い夏の終わりにて　　柚槙ゆみ

【Lit.Link : https://lit.link/yumimayu】

本作品は書き下ろしです。

ラルーナ文庫

この本を読んでのご意見・ご感想・ファンレターなどお待ちしております。〒110-0015 東京都台東区東上野3-30-1 東上野ビル7階 株式会社シーラボ「ラルーナ文庫編集部」気付でお送りください。

流星《りゅうせい》の騎士《きし》とステラの旅《たび》

2025年2月7日　第1刷発行

著　　　者｜柚槙《ゆまき》 ゆみ

装丁・DTP｜萩原 七唱

発　行　人｜曺 仁警

発　行　所｜株式会社 シーラボ
〒110-0015　東京都台東区東上野3-30-1　東上野ビル7階
電話　03-5830-3474／FAX　03-5830-3574
http://lalunabunko.com

発　売　元｜株式会社 三交社（共同出版社・流通責任出版社）
〒110-0015　東京都台東区東上野1-7-15
ヒューリック東上野一丁目ビル3階
電話　03-5826-4424／FAX　03-5826-4425

印刷・製本｜中央精版印刷株式会社

ISBN978-4-8155-3302-1